幸福號列車 2.0

隨時停靠，沒有終點

張曼娟

幸福與你同在

《幸福號列車2・0》新序

張曼娟

當我的中年覺醒書寫開始後，才發現這一門「大人學」其實是每個人的必修課，在老年來臨之前。近四十年來觀察我的創作的好友，卻對我說：「二十幾年前，你的中年書寫已經啟動，只是，開始得太早了，很多人還沒感受到。」因為這樣的提醒，我重新翻閱了一九九九年出版的《女人的幸福造句》與二〇〇〇年出版的《幸福號列車》，這兩本時報出版的舊書，而後發現，原來是真的。

我記得那個時候，受到日劇的影響，朋友們歡聚而後分別時，不管是在餐廳門口、捷運月臺、熙來攘往的街道，總會充滿熱情的對彼此說：「要幸福喔。」「你也要幸福喔。」「我們大家都要幸福喔。」揮手道別後，我在突然寂靜下來的時刻，思索著，什麼是幸福呢？

幸福，也許只是一則造句：「所謂幸福就是在一個恰當的地方，過著合適的生活，那是我喜歡的生活。」說起來不難，做起來實則不易。它需要的是一個自我理解的過程，對別人來說合適的生活，對我來說一定合適嗎？我是與眾不同的，每個人都是，但我們常常被類似的價值觀與美學所制約，以為別人喜愛的，就是我的追求。「為什麼我擁有的這麼多，卻不快樂呢？」我聽過中年朋友這樣問，而且不只一個。其實是因為，我們耗費了許多精力與時間，在不屬於自己的跑道上拚命飛奔，抵達終點時，得到的卻只有空虛與惆悵而已。

千禧年出版《幸福號列車》時，我已經覺悟到，人生列車的方向盤是掌握在我們自己手中的，可以選擇穿越山野，與飛翔的鳥雀打招呼；也可以選擇行經海邊，看著月亮從海平面升起時，那粼粼的銀白波光，選擇一條最適合的人生軌道，通往幸福。

二十幾年過去，我已經從一個熟女進入初老，對自我與世界的理解有些不同了，重讀這兩本書，有時忍不住擊節而歎，當年就有這樣的想法，很不錯喔。有時也會發現同樣一件事，我的認知已經不同。舉例來說，當年因為「破壞」黛安娜王妃婚姻，而被世人謾罵的卡蜜拉，如今已經登上英國王后的尊榮，受到世人的祝福。而我們對於那段被童話包裝的婚姻與外遇，似乎有了不同的看法，因此，我邊讀邊寫下的「時空筆記」也就一併附入書中。

這本重新編輯出版的《幸福號列車2．0》，篇章選自《女人的幸福造句》與《幸福號列車》，另外添加了兩篇最新的文章，更能貼近我此刻的心情。感謝時報出版願意重新出版這兩本書，有種「似曾相識燕歸來」的喜悅。更感謝做為推手的作家孫梓評，梓評曾是我的學生、創作夥伴，而後主導了這本書的編輯與定位，與他同在的時光，總是那麼美好，讓我感覺幸福是觸手可及的。

曾經，這是出版得太早的書，如今，希望它來得剛剛好。曾經，我以為掌穩人生的方向盤，就能駛向幸福，如今，我明白幸福不是一個目的或方向，幸福是一種能力，一直與我們在一起。坐上人生的列車，沿途停靠，到站下車，都在幸福的狀態中。

可以用一種神巫的聲調輕聲說：幸福與你同在。幸福與我同在。
我們精神飽滿，面帶微笑，繼續向前。

二〇二三年寫於處暑之後

目次

沿途停靠：美味的關係

沿途停靠：自己的形狀

沿途停靠：快樂的練習

附錄

沿途停靠：女人的勝利

第一朵花綻放了

我的一個朋友，近來對於女性的生理期初體驗，發生濃厚興趣，見到女性朋友，便忍不住要問人家的經驗，這可不比詢問星座血型那樣熱門和理所當然，被訪問的人通常會有些震驚，接下來便是尷尬。

即使見怪不怪的努力思索，記憶也免不了打結成一堆毛線團，這是我的實際經驗。後來，基於朋友之間的良好情誼，我終於向她提出忠告：「妳不覺得這種問題有點怪怪的嗎？」「妳不知道嗎？

女人的第一次生理經驗，常常會影響她的一生呢。」真的是這樣嗎？我開始感到有趣，於是，也展開我自己的明查暗訪歷程。

女性與男性最大的不同就是擁有生育能力，懷孕到生產的過程，是男性無法體會的奇妙經驗，而少女時期的初潮，其實就是一切的開始。我的一個已為人母的朋友，是個辛苦的單親媽媽，在離婚事件中選擇了女兒的撫養權，放棄了兒子，因為她知道夫家重男輕女，不願意讓女兒在那樣的環境中長大。可是，她發現與女兒的關係漸漸疏遠緊張，她承認有時候好像在挑女兒的毛病似的，她不喜歡這樣的形勢，卻無力更改。

那天，我們談到了生理期初體驗的問題，她不很流暢的回憶起，十三歲那年，從學校奔逃回家，疼痛與流血讓她驚惶失措。母親一言不發地將她拉進浴室，沖刷之後將衛生用品扔給她，順便塞給她一顆止痛藥。那天的母親臉色凝重，渾身緊繃，好像她做錯什麼事，從頭到尾只對她說過一句話，叫她把衛生用品收好，不要讓父親和兄弟們看見。從那以後，每一次她的生理期都不可控制的憂鬱著，分不清是因為生理還是心理的因素。我們都沉默下來，過了一會兒，她忽然抬起頭：「所以，我其實一直不喜歡自己是個女人……所以，我潛意識的挑剔女兒，因為她也是女人。」

我想起自己每一次去超商購買衛生用品，那種尷尬與難堪的心情。我總要左右環顧，沒有男性顧客在旁，才敢從架上取下貨品；我一定要向女性收銀員結帳；提著透明塑膠袋，只要有人瞄一眼，我都會覺得不安。曾有一個收銀員將衛生用品用不透明的牛皮紙袋幫我裝進去，我永不能忘那種因體貼而萌生的深深感動。後來，我問自己，這又不是愧恥的事，為什麼懷著罪疚感？

單親媽媽的朋友打電話來告訴我，剛過了十三歲生日的女兒，也經歷了她生命中的第一次生理期，他決定請女兒去餐廳吃一頓，「我告訴她，這是值得好好慶賀的一件喜事。」我的朋友說。我完全同意她的說法，這或許也是做母親的她，替少女時代的自己舉辦一場遲來的歡慶。

女人像一株美麗的，具有生殖能力的樹，她的繁衍過程，從開花到結果，每一個階段都很神奇。

如果在花朵開放之中，受到了祝福，便懂得珍惜自我的價值。如果在開花之中，感受到疏離厭棄，便失去愛自己的情感。一株亭亭的樹，第一朵花綻放開來的時候，我們當然應該微笑注視。

【2023時空筆記・1】

這麼多年過去。我發現女人對自我的認知有了些許不同。

如果女人是一株樹，不再為了生殖而存在，可以為了自己亭亭美麗，一年四季開出芳香的花，令人仰望，無限喜悅。

發現一顆星球

在通識課上和學生分享成長經驗，我問他們，在成長過程中，什麼是令他們感到困惑的事？好幾位學生都說，家族中的爭鬥是令他們最感到困惑與痛苦的。前一刻還聚在一起吃年夜飯的一大家子人，叔伯嬸妗，兄弟姊妹，和樂融融。圍著祖父祖母打牌嬉笑，拍著小孩子的頭稱讚愛惜，卻只因為一幢祖產、一間工廠、一座山坡地，叔伯與父親翻臉成仇，登門怒罵，彷彿有著不共戴天的仇恨，定要趕盡殺絕。

我的學生悲傷的問：「他們沒有看見阿公阿媽有多傷心嗎？他們為什麼一定要這樣？」這些長輩沉迷在可以計數的金錢裡，沒有發現人生還有一些更可貴的東西。

學生在陳述家庭鬥爭的過程裡，忍不住的哭泣起來，我則在觀察著他們心情的同時，發現到家族關係對於所謂的新世代，原來仍是這麼重要。

曾經，我也是如此看重自己在家族長輩心中的位置。有位伯母自童年起就因我是個女兒而壓抑著我，雖然我其實是家族中唯一的女孩。每次過新年都是我難以度過的關口，年夜飯之前的祭祖儀式，要按照伯母的程序進行，因她是最懂得「規矩」的。伯父與父親總是先上香、磕頭，伯母照例在旁充當司儀，熱烈的喊著：「上香、叩首……」接下來是兒孫祭祀，可這兒孫都是「男丁」，並不包括女兒，我是被剔除在外的。接著是媳婦，伯母與母親便得著了上香與叩首的機會，我仍只能在一旁看著，等待。最後的最後，伯母終於恩准我祭祀了，她施施然走開，不做司儀了，我潦草凌亂的上香磕頭，像沒有配樂與節拍的獨舞。

上香過後，要把先前就疊好的金元寶抬到頂樓去焚燒，童年時這是我喜歡的活動，與父母和弟弟一起，如此靠近火燄，卻又沒有危險，還能盡孝道。但自從懂規矩的伯母掌祭祖大典之後，我就被規定不能焚燒金元寶了，連手指碰觸也不能。伯母的說法是「女孩子碰過的錢就是假錢，祖宗不能用的。」為了忍不下這口氣，我偷偷哭了好幾回，除夕祭祖變成了一樁苦差事。

那時候我常想的是，祖宗為什麼看不見我這樣溫馴，如此乖巧？後來才明白，在伯母的規矩下，我的優點，是永不可能被看見的，我的價值也永不可能被發現。那段時間，我變得自暴自棄，也不願看見別人的良好特質。世界與我，俱是毀壞，幾幾乎是這樣的想法。

所幸，母親總是一次次提醒我，伯母的手多巧啊，她一個人便能料理一桌好菜；她只要在雜誌或櫥窗裡看一眼，就能裁出一樣款式的衣服。其實，母親在伯母那兒受到的委屈比我多太多了，她卻仍不斷發現別人的好處，這使我在看待人事的時候，多了些轉圜空間。

成長過程中，愈是知道在伯母那兒得不到讚賞，反而愈在意她的看法。第一次獲得文學獎是大學四年級，全家人都很高興，伯母說：「會寫小說的人一大把，能出得了書才是真有本事呢。」兩年後出了書，伯母說：「能出書不稀奇，問題是有人要看嗎？」連續兩年我的小說集都在排行榜上，伯母說：「書賣得好，不過就是通俗流行作家，要能拿個博士去大學教書，才真算是光宗耀祖囉。」一兩年後我被聘進大學教書，又過兩年修得博士學位，伯母忽然安靜下來，不再發表議論。我仍在等待，並在等待中感到悵然若失。事情就這樣結束了嗎？

我忽然發現，這些年來促使我上進的動力，竟來自於她的否定，怎麼我仍把她的想法看得那樣重要？當我只是一個女兒的時候，連我摸過的元寶都成了假錢，當我成了博士就可以光宗耀祖了嗎？我忽然感覺到無聊了，對於曾經牽繫過我的情感的這些人與事。

現在，每當我聽見學生們因為自己是一個女生而在家裡受歧視，因為受歧視而覺得忿忿不平的時候，我便認真的告訴她們：

「要感謝那些因為我們是女性而輕視我們的人，他們的輕視使我們不肯墮落，有更好的可能。」我總是把自己的故事說給她們聽。就是從那時候開始，我決定要為自己的目標努力，不為任何人的肯定或否定去生活。每次經歷一些事，我就注意著自己緩慢的蛻變，發現著自己隱藏的情緒與願望。

從一個家族中走出來，還原成一個人的我，成為自己最忠實的陪伴者，也是自己最銳利的發現者。宛如在外太空中遙見一顆水藍色的星球，因它的脆弱與美麗，幾欲落淚，然後發現這便是我自己。

女兒的流域

我的同學生了一個女兒，我從大陸回來聽見她的留言，但是，她沒留下搬了新家的電話。於是，我打電話給同學的母親：「葛媽媽，聽說琪琪生了一個女兒。恭喜啊！」「謝謝妳。小女兒好可愛啊，就像琪琪一樣……」我透過話筒可以聽出葛媽媽忍不住的喜悅，笑意從心底泛起來。「我就跟琪琪說，世界上沒什麼事比有一個女兒更幸福的了。」葛媽媽仍自顧的說著。

我去琪琪家看她和新生兒，她的婆婆和母親輪流照顧她坐月子，那天正好是婆婆在她家裡。「周媽媽，恭喜啊。」我說。她婆婆淡淡笑了笑，沒說什麼。後來，我單獨從房裡出來，想上廁所，她婆婆拉我到一旁：「妳跟琪琪是好朋友，一定要勸勸她，她說她不想生了。如果是兒子，我也沒有話說，現在是女兒咧，怎麼可以不生？」「周媽媽，其實女兒、兒子不都一樣嗎？何必一定要生兒子？」她婆婆不以為然：「兒子和女兒怎麼會一樣？我那些女兒都不聽我的，還好兒子還算懂事，要不然我老來要靠誰？」

我把婆婆的話對琪琪說了，她歎了口氣：「怪不得她，她和女兒處得不太好。」琪琪的婆婆是個慣於當家做主的女人，她總是把自己做女兒時候恪守的規範，拿出來要求女兒，母女關係弄得很緊張。等女兒們嫁了以後，做母親的仍時時干涉，或者嚴厲的批評，問題是女兒們對母親的婚姻與處世態度，一向也不太欣賞。

琪琪的母親就很不一樣了，她是個帶幾分孩子氣的女人，對新鮮事物總抱著好奇心。母女二人常常約了看電影、逛書展，琪琪結婚以後，母女倆還約著喝下午茶或者出國旅行。琪琪從小交了朋友便會帶回家，母親為她的朋友們做紅豆冰棒，琪琪的朋友差不多都變成媽媽的朋友，有時候打電話找不到琪琪，也能和她媽媽聊個半天。琪琪的媽媽熱情真誠，關心別人，從不倚老賣老。記得琪琪的父親爆出外遇那年，我們大學剛剛畢業，琪琪取消了要和我們去環島旅行的計畫，消失了一個月。後來，我們才知道，她陪著母親去日本旅行，那是母親一生最想望而始終沒能履踐的一場約會。「我只想讓她知道，即使沒有婚姻，沒有丈夫，她還是可以做自己想做的事。」琪琪是這麼說的。

琪琪的父親與母親分開了，琪琪的母親告訴我們，這一路是琪琪陪著她走過來的：「從來沒想過，這一生我最好的朋友，竟然是我的女兒。」我一直覺得琪琪的母親是個有智慧的女人，她明白女兒的生命更新，感受更敏銳，心靈更有力量，於是，她向女兒伸出手，引領自己度過低潮與黑暗。琪琪的婆婆從沒有這樣的美好經驗，因此，她以為女兒是無用的。

女兒並不是潺潺流去的河，其實，每一個女兒都可能是一片遼闊平緩而肥沃的流域，孕育著自己的兒女，也潤澤著父母親人。

【2023時空筆記・2】

我聽到愈來愈多的母親說：「我生下了最好的朋友。」母女二人的關係可以如此親密，互為知己，真是太幸福了。也有愈來愈多的長輩，會對抱著女嬰的年輕媽媽說：「還是女兒好啦，妳將來就會懂我的意思了。」

這些年我獨力照顧年老的父母，遇見相識或不相識的人都會說：「還好有個孝順的女兒，爸媽的命好呀。」大家都覺得女兒好，必然因為許多女兒非常努力，用愛與堅強把女兒牌擦得閃閃發亮。

飆車情人夢

少女時代就讀五專，那所專門出產俊男美女的專科學校，常常可以看見許多美麗女性摟著騎機車的男生的腰，呼嘯而過的畫面。有時也看見穿著皮衣、緊身褲和短靴，戴著反光墨鏡的男生，一身勁裝，斜靠在ＤＴ打檔車旁，等待女生的景象。我知道那裡絕不可能有等我的男生，卻也曾偷偷幻想著，如果有一天，有個帥帥的男生，騎著酷酷的機車來接我的話……

後來，果然遇見一個有點帥的男生，他總是一個人騎機車，飆來飆去，看見他的時候我總想著，如果他開口要載我一程的話，我一定迫不及待的答應他。可是，他總不開口，看見他和他的機車的時候，我甚至感覺到隱隱的惆悵了。

有個週末下午，社團裡籌備活動，畫完海報之後，同學們一溜煙全跑光了。我獨自一個人行走在溪畔小路上，準備去搭公車，男生條忽而至，在我身邊停車，一條長腿撐在地面，很標準的騎士姿態：「嘿！載妳一程吧？」我彷彿遲疑的想了想，微笑的說：「不好意思，太麻煩你了。」「一點也不麻煩，走吧！」男生說。感謝他的決斷，不然，我一定會怨恨自己的矜持。

穿牛仔褲的我那天是跨坐在後座的，很花費了一些時間才找到雙手擺放的位置，當他像風一樣的飆起來的時候，我真的被速度驚懾住，連呼吸都暫時停止。那看起來很瀟灑的飆車行為，原來是這麼危險的啊。我猜想騎機車的人最擅長的就是在夾縫中求生存，大車與小車的縫隙中，騎士們一扭車身，一轉把手，就鑽過去了。

男生載著我進入一條擁擠的街道，一輛公車與小貨車之間，有一道細細的空間，宛如泥鰍一般，這騎士英勇的穿過去了。而在同時間，我們都聽見咚、咚、咚，一陣擂鼓聲，接著是我疼痛的哀號。就在男生想要充分表現他的飆車技術時，忽略了後座的人的兩條腿的寬度，我的膝蓋左邊撞到貨車，右邊磨到公車，除了疼痛還有驚嚇，眼淚就撲簌簌滾落下來了。

這是我盼望了好久的機會啊，怎麼會變成這樣的身心俱創呢？我們在市場的冰店裡吃冰，舒緩心情，男生很抱歉的坦白，他是第一次騎車載人，從沒料到會是這樣的場面。他又說，其實想載我已經想很久了，只是怕我拒絕他，不過，經歷這樣的事件，我一定再也不敢讓他載了吧。聽著他說的話，我忽然忍不住笑起來，覺得他比我還要倒楣。

後來，我們並沒有如自己所以為的發展成為情人的關係，倒成了很好的朋友。有時候去校外辦事情，他還是載我上路，並且，每次要穿越縫隙時，他有了許多顧慮，決定穿越的時刻，他的手會自然的護住我的膝蓋，確定我不會受傷害。

這就像愛情在人生中起的化學變化一樣，當我們自己一個人的時候，生活的自由或冒險，都是沒問題的。可是，與另一個人在一起就另當別論了，我們必須收起隨性的瀟灑，多一些溫柔體貼；我們不再迷戀速度的快感，更期盼安定的踏實。騎機車後座載人，是一種馴化的過程；愛一個人並且共同生活，何嘗不是一種馴化的過程？

兌換女朋友

到大陸去辦講座會，和讀者面對面的交流。有人提起我多年前寫的小說，故事是敘述校園裡一對女性好友，看似親密，卻存在著微妙的關係。既不忍見對方沉淪，也不願見對方高飛，特別是在她們同時愛上一個男生之後，所有的嫉妒與競爭都到達白熱化的階段了。一位女性讀者問我：「為什麼寫這篇小說？你是哪一個角色呢？」

我並不是她們之中的任何一個，我只是一直敏銳的感覺到，女性團體中常常存在的種種幽微情緒。這陰暗投射在女人的心靈與生活空間，遏制了女人的氣度與胸襟，限制了女人的發展與力量。後來一位媒體記者約了我做專訪，她重提這個話題，並且明確地說：「我以為女人與女人之間，根本不可能有真正的友情。」說著，她揚起眉毛看我：「你說呢？」我不置可否的回答：「看情況吧。」她深吸一口氣，以為我是沒有定論的，於是加強語氣下了結論：「女人之間不可能成為好朋友。」聽見這樣的話，我其實覺得有些悲哀，她的話語中透露著「絕不要相信女人」的意味，不知不覺中宣告了「不要相信我」，因為，她自己就是一個女人。

我的一貫態度是，我寧願吃一點虧，也不願意失去信心。我願意相信世間有理想的愛情，有無私的付出，我相信了，有一天才可能獲得。假若我根本就抱著懷疑或否定的態度，即使天使出現在面前，我仍懷疑祂是撒旦喬裝的，怎麼會有獲得幸福的可能？我相信自己，也相信女人，所以，我一直能擁有一些貼心的女朋友。

過去的舊式社會，女人與女人之間並不需要建立情感，所有的關係都是從家族或婚姻中建立起來的。家族中的資源有限，女孩子們不知不覺成為競爭對象，爭長輩的寵愛、爭陪嫁的多少、爭婚配的對象，那都是短兵相接，很劇烈的肉搏戰啊。

我們看見張愛玲的《傾城之戀》，失婚婦人流蘇返回娘家之後，手邊的財產被兄嫂併吞，於是只好卯足了勁兒，奪走與妹妹寶絡相親的男人范柳原。假若她稍一手緩心軟，嫂嫂便會把自己十一、二歲的女兒推銷出去了。這是非常實際的生計與一生幸福，怎麼可以輕忽呢？女人因為一樁婚姻進入另一個家族；馬上又進入另一場權力與資源的爭奪戰，這次不只是為自己而戰，也為丈夫、為兒女而戰，披甲上戰場的多是女人，男人袖著手一旁觀戰，樂得清閒。女人戰勝了取得個「賢妻」的美稱或「悍妻」的罵名；戰敗了便要受丈夫埋怨或者飽受幾頓老拳。做女兒的從小在一旁靜靜的看著，將自己的戰術演練得更精湛，將武器打磨得更銳利，準備好迎接自己的戰役。

這是一個很不一樣的時代了，絕然不同於過往的新世代女人已經產生了。這些誕生於戰後的女人，面對的是更遼闊的戰場，更充足的資源。女人們的眼光早就從男人和婚姻和家族轉移，到了整個社會，到了人類全體。她們的思考不僅是如何分配資源，而是如何有效運用資源，並創造更多資源。

與男人相較之下，女人更能懂得孕育的重要，她們從自身的誕育能力學得這些；女人懂得成全的必要，她們從養育兒女的過程中領悟到這些。女人的生命迴圈是一種自給自足的狀態，因為她們掌握了創造的祕訣，她們不躁進，善於等待與瞭解。

女人願意開展自己，讓人親近；也願意分享經驗，彼此學習。當然，不可否認，還是有些女人小心眼、斤斤計較、虛情假意……但，男人不也常有這樣的毛病嗎？不論男女，這種性格都是不受歡迎的。

【*2023*時空筆記・*3*】

二十年過去了，很驚喜的發現曾經大受歡迎的「宮鬥劇」、「宅鬥劇」漸漸退燒，取而代之的描述女性互相幫助，彼此支持理解的「女盟劇」大放異采。像是熟女類型的《夢華錄》，或是青春喜劇的《卿卿日常》，都是如此。雖然演的是古裝劇，卻有相當新穎的想法與態度。不論是在商場上開疆闢土，或是在貴族府邸中對抗父權壓迫，「女朋友」們堅不可摧的情誼，都令人讚歎。

古代女人都不鬥了，現代女人鬥什麼？

小紅帽為何不逃跑？

我的一個女學生在一家日式速食店的廁所裡，遭到陌生人攻擊，受了傷，和相當程度的驚嚇。攻擊她的是一個衣裝整潔的女人，攻擊她的原因是懷疑女生跟蹤她，一口咬定她是國安局，情治單位派來的，一邊怒罵著，一邊動了手。很顯然這女人有著迫害妄想症，在這一個巧合的時刻，她剛好發作了。

我們檢視著女生傷口的同時，問她有沒有喊叫？她說她沒有。正因為女生沒有發出一點聲音，所以在外面等待的一群同學，毫不知情，眼睜睜看著女人「行兇」之後，從容的從他們面前揚長而去。

為什麼女生在驚嚇和痛苦之中，竟然如此沉默？

首先是因為女生從沒有想過，會在女廁所裡被女性攻擊。我們從小聽聞過的出現在廁所中的「變態」或「色狼」都是男性。絕大多數的女性潛意識裡對男性保持著警戒；對女性則採取非敵即友的態度，這使得我們的憂患意識不足，當意料之外的變故來臨時，失去了應變能力。然而，我們在遭遇突如其來的疼痛或驚嚇時，喊叫出聲，不是很自然的反應嗎？女生說當她遇襲時，並不想把事情擴大，也不想激怒對方，只想著努力往外掙脫，能脫困就好，她不覺得自己應該喊叫。結果，延長了對峙與掙扎的時間，使自己受創更深。我們聽她陳述經過的時候，愈想愈怕，假若那女人拿著利器或者化學藥劑呢？

女生的眼淚始終停不住，我猜想她將有好一陣子不能安眠了。我也試著問自己，如果是我，在這樣的情況下，會不會呼叫求援？事實上，我也不確定自己是不是會選擇沉默的對抗？女性自小被教育得很壓抑，我們以為自己承受痛楚的耐力很大，卻沒想到如此沉默的面對攻擊，有多少難測的危險。這種情況很像從小聽聞的〈小紅帽〉故事，當小紅帽一心一意想著去探望外婆，結果卻是野狼打扮成外婆，等在床上，她仍帶著童稚單純的善意，一遍遍的問著：「為什麼您的嘴巴這麼長？」「為什麼您的牙齒這麼尖利？」直到野狼露出原形，張開大嘴。小紅帽啊，你為什麼不逃跑？是因為不能相信，也不願相信吧。

這事件使我想到那些在婚姻或情感中的暴力受害女性，她們常常處在一種不願相信的固執裡，把暴力當成意外事件，並且替施暴者找藉口脫罪。她們多半沉默的忍受著，捱等著一次又一次痛楚過去，希冀在沉默之中，對方能夠手下留情。這一次，看著女孩頸部的斑斑傷痕，我覺悟到，女性遭遇襲擊時，不管對方是誰，都應該喊叫出聲，並且逃跑。逃跑是一種正當的反應，喊叫之後才能被聽見，聽見之後暴力才會被遏止。

沒有女人的婚紗展

看過電影《霸王別姬》的人，應該還記得少年蝶衣唱錯戲詞：「我本是男兒郎，又不是女嬌娥。」於是遭到體罰，噙著血、含著淚，凝視鏡頭的幽怨表情。讓一個男人去裝扮女人，是一種矮化、屈辱，甚至是一種殘缺。長久以來，即使在戲劇的舞臺上，我們看見許多男扮女裝的藝術家，有著傑出的表現與貢獻，但，男人就應該像個「男人的樣子」，是大多數人的共識。

或許因為歷史傳說中，改扮男裝的女性，像是代父從軍的花木蘭、喬裝上學的祝英台、以及為夫家洗雪冤屈的孟麗君，做的都是「大事業」，所以，人們對於女扮男裝似乎有著美好的憧憬。而改扮女裝的男性，並沒有留下什麼可歌可泣的故事。在男權主導的社會裡，女性欠缺的不是才能，而是性別。每想到這個部分，我就覺得一種隱藏在浪漫之後的悲哀。

它的影響常不知不覺滲進我們的思想與情感。回想成長歷程中，那些舉止風格比較陽剛的女生，常被同伴讚賞、戀慕，是很受歡迎的。反觀那些舉止風格較為陰柔的男生，卻很容易變為同儕取笑戲謔的對象，成為性格裡驅之不去的陰影。

到了世紀末的臺灣，我們看見一種特別的現象。在綜藝節目裡，在舞臺表演或是伸展臺上，一群群窈窕美麗的性感女人，都是男性的喬裝。他們不再有哀怨的眼光、忍抑的神情，而是自信的、驕傲的，落落大方的穿梭在男人女人面前。男人的驚奇，女人的豔羨，都影響不了他們，他們做的是想做的事。

在此之前，某些藝人反串女人，刻意濃俗的彩妝，低俗的言行，臃腫扭曲的身材，固然是達到娛樂的目的，卻在異化自己的過程中，醜化了女性。愈來愈多的喬裝男性細緻的化妝，纖穠合度的身材，舉手投足風情萬種，美化了自己，讚揚了女性。女人以一種歡迎新品種「姊妹」的心態接受了；男人以一種新奇有趣的心態習以為常了。

近來南臺灣一場別開生面的婚紗展，模特兒清一色全是男人，而由地方首長夫人剪綵。象徵純潔神聖的婚紗，穿在精心雕琢的麗人身上，確實是一場美的饗宴。與我一起看電視的朋友忽然說：「沒有女人的婚紗展，妳不覺得怪怪的嗎？」

「不會呀。」我說：「婚紗穿在男人、女人身上都無所謂，只要有美好幸福的感覺就好了。」

王子與公主之外

小時候最有趣的事，就是在教室的黑板、鄰居的牆壁或學校的廁所裡，塗寫上「某某愛某某，男生愛女生。」這樣的字句，一群孩子譁笑著，被寫上名字的男生女生窘迫著，氣惱著，暗自高興著。

曾經我以為，世界上就只有男生女生兩種人，愛情裡就只有男生愛女生，或是女生愛男生，兩種可能。每個女生都緩慢的長大，變成公主，等待那些在泥裡打滾的男生變為王子，騎著白馬向她走來。

長大以後才發現，王子與公主之外，原來還有許多不同的組合和可能。王子可能愛上王子；公主可能只想和公主結婚，又或者，王子錯生在公主的軀殼中；公主發現她擁有的是王子的性別。在異性戀之外，同性戀之外，王子與公主之外，我們在成長中漸漸發現了另一種人。

小時候，我們叫他們「陰陽人」，在他們手術過後，我們叫他們「變性人」，這一次去馬來西亞巡迴演講，當地朋友興致勃勃，問我們：「要不要去看阿倌？」

馬來西亞是個回教國家，對於同性戀這樣的事是禁絕的，我不明白為什麼他們倒能容許阿倌的活動？朋友告訴我們，這些男人從小就覺得自己是女性，變性手術是她們恢復「本來面目」的唯一途徑，所以，變性也就成為人生的終極目標了。

我想起在媒體上看過，臺灣變性成功而成為模特兒的女人，她的臉蛋與身材與嫵媚，令男人傾倒，令女人嫉妒，但，我也相信那是極幸運的例子了。變性手術要施行許多次，過程很辛苦，花費更是昂貴。馬來西亞的華人阿信多半聚在一起做小生意，也許是餐飲，也許是美髮，一點一點的儲蓄著，一天一天向希望靠近。然而，馬來阿信的際遇就悲慘多了，當地人不願提供工作機會，他們只好流落街頭，有些幸運的可以找到華人雇主，安頓生活；更多不幸的便濃妝豔抹佇在街上賣淫。

朋友駕車帶我們駛入夜深的阿信街，街上的小食攤仍亮著，許多男人閒閒踱步，或聚著聊天，他們的眼睛卻忙碌地搜尋著，顯得心不在焉。我們貼著車窗往外看，耳邊聽著朋友說：「他們真的很可憐，用賣淫來存變性的錢，都不知道要等多久……」

當大家都抱怨今夜怎麼這樣冷清，看不見阿信的時候，忽然，我們看見轉角處一張木然頹敗的臉孔，五官經過刻意描畫，眼、鼻、唇、眉，彷彿就要突圍而出了。那臉孔是上了年紀的，多厚的脂粉，都掩蓋不了這個事實，黑而粗的長捲髮，襯著這張男性的臉孔，更見飍橫。我們看見他碩大隆起的胸部，粗壯的腰身和臀部，兩條裸露的腿，套一雙高跟鞋。喧譁的車廂裡，忽然靜了片刻，一時間都不知道該說什麼。他到底已經等了多久？還要多久才能變成「她」？

看見一個美人的遲暮，固然令人感歎；看見一個阿信的遲暮，簡直令人哀悽了。我開始感覺到幸運，生而是我自己的性別與身體，不須為了爭一個屬於自己的性別或身體，付出這樣沉重的代價。同時，我也開始反省，對於和我們不同境遇與遭際的人，是否能夠真誠的瞭解與尊重？

隨身攜帶的房間

每次都是在天黑以後，受邀去網路雜誌或報紙接受訪問，在一個虛擬的聊天室中，與一些虛擬的名字交談。這是一種很奇怪的關係，他們全知道我是誰，我卻全不知道他們是誰。或許因為這樣，他們也就有了比平日更真誠的自剖與坦露。那一夜，有人問我的一篇小說〈自己的房間〉的篇名，是否受到維吉尼亞・吳爾芙（Virginia Woolf）〈A Room of One's Own〉的影響？我很誠實的回答，我只是想探索，擁有一個房間對我們到底有怎樣的意義？

我的一些女性朋友與我討論過，從小到大就想要有一個自己的房間，可是，漸漸發現原來並不易得。小時候，我們常常要與兄弟姊妹同房；出外念書則免不了要有室友；結婚之後既然是要履行夫妻同居的義務，便沒有自己一個房間的可能性了，在婚姻狀態中，假設向配偶提出要分房的要求，不只青天起霹靂，非要鬧得天翻地覆不可。朋友的母親在丈夫去世後，終於可以有一個自己的房間了，卻被孝順的兒子媳婦接去含飴弄孫，年幼的孫子順理成章搬進了奶奶的房間。我的朋友悲觀的得到一個結論，看起來這也就是她自己的未來了：不可能擁有一個自己的房間。

在自己的房間裡，我們可以按照自己的意思來布置；可以穿著不成體統的衣裳晃來晃去；可以把地板擦得光潔如鏡；也可以把床鋪堆成垃圾場，一個自己的房間，讓我們擁有不被牽制的自由。網路上一個虛擬的名字說：「我現在就有一個自己的房間，只有我一個人住，但，我並不感到快樂，因為我很孤寂。」

每次一定是在早晨，我受邀與一群家庭主婦座談，她們剛送走先生孩子上班上學，剛買完菜，並將自己打理好。而我仍是睡眼惺忪，有一點點迷糊。我們談的仍是「自己的房間」。一位主婦說，她們那個年代居家環境小，兄弟姊妹多，想要自己的房間簡直太奢侈，不過，她有一個屬於自己的小盒子，盒子裡盛裝著她的私密物件。當她想要有一個專屬的領域時，便掀起盒蓋，進入其間，盒子變得很大，宛如宇宙。另一位主婦，她家曾經加蓋頂樓，給了她一個可以擁有自己的房間的憧憬，可是房間蓋好之後，為了家計問題租給了別人，孩提時代的她，總是趁著房客不在家，偷偷窺視著那間想像中的自己的房間。還有一位主婦說，在不可能擁有自己房間的年代裡，她畫過無數個自己的房間，在紙上的房間裡安排一座大衣櫃，在地板上鋪著向日葵的地毯，隨著心情不斷更新房間的樣貌。她們都說，直到後來才發現，心靈的自我主宰與充實感覺，就是一個可以隨身攜帶的房間。擁有這樣的一個房間，她們才真正獲得配偶的尊重與子女的理解。與她們的對談是極其真實的，因為無須藏匿，她們的話語中的真誠深深打動我。

我想到網路上的問題，擁有自己的房間，卻依舊覺得寂寞、不快樂的心情。懂得在房間裡妥善的安頓自己，恐怕是更重要的事吧？曾經，當我暫居異鄉的那些獨自一個人的日子，總習慣在窗前種一點綠色植物；總替自己準備幾片私房ＣＤ；總要烹調一些好吃的東西犒賞自己；總在睡前喝一杯花茶。儘管只是自己一個人，在語言不通，文化迴異的環境裡，外面的世界就算充滿挫折，起碼，當我回到自己的房間，我就覺得安全喜悅。哪怕只是一個小小的房間。

在這些虛擬與真實的交談中，我終於明白，一個自己的房間並不能令人比較快樂，一個自足的心靈空間才是必須的。遼闊的心靈空間，可以使狹隘的房間變得寬敞；豐盈的心靈空間，可以令寂寥的房間變得溫暖。

【*2023* 時空筆記・*4*】

二十多年過去，有些夫妻過著同居而不同房的生活，並不是因為感情疏淡，而是保有各自的空間與自由。有一對實踐這種婚姻方式的夫妻，與我分享心得：「不必遷就與配合，讓我們『相看兩不厭』，感情似乎更好了。」

城市裡的尋人光束

如果一個人，對我們意義重大的人，在這城市中消失了，容不容易找到呢？很難。聽見的人都這麼說，這城市如此擁擠而又如此隔絕。

高樓大廈堆疊著，遮蔽天日；地下道與行人穿越天橋密密層層，像是精緻的蟻穴甬道，你每天與這麼多人擦肩而過，卻有可能與你真正期盼的人失之毫釐。就像我最近讀到的一本圖文書《向左走，向右走》，有一對同等寂寞又非常匹配的男女，他們住在隔鄰的大廈套房中，出門時一個習慣性向左走，一個習慣性向右走，所以，總是無法相遇。縱使餵過同一隻貓咪，逗過同一個嬰孩，習慣，讓我們對許多事視而不見，錯過太多機會與可能。

城市中的生活與愛情，是否大抵如是？究竟，是城市改變了愛情的面貌？或是愛情改變了城市的型態呢？那一夜的讀書會上，我們討論了這個問題。

有人認為，城市生活必然養成了愛情的新品種，人與人的接觸如此頻繁而迅速，很容易擦出火花，生發熱情；忙碌緊張的生活，也讓某些人以談戀愛的方式紓解壓力，「聚散無常」已經成為戀愛者必備的常識了。

有人覺得便利的交通工具促進了情場上的風雲詭譎，就像最近產下雙胞胎的婦人，被發現嬰兒屬於兩個不同的父親，乃是因為她在短時間內與兩名男子發生親密關係，「說不定是捷運立下的汗馬功勞呢。」舉例的人如此推斷。有人也說愛情有改變城市的能力，當我們愛上這城中的某個人，曾與那人喝過咖啡，看過花燈，走過巷弄街道，我們是否因此而覺得這城市縱使紊亂骯髒，仍有著難以言喻的特殊魅力？

即使失去了愛，走在安靜的街角，每一步都是驚心動魄的行腳。然而，城市生活或者愛情都是如此貼近的事，於是便也有各種不同的想法。有人猜想或許因為聚散容易，反而能夠釐清與淘洗真正的、純粹的愛情，為愛而愛，不摻雜其他的因素。也有人覺得一個能夠突破城市限制，發掘生活趣味的人，肯定會是迷人的戀愛者。這人知道哪裡有美味的小攤可吃；哪裡有璀璨的夜景可觀；哪個月分可以在行道樹間看見低飛而過的鳥雀。

每個人大約都有在城市中尋找不到的人吧？或許我們從未曾用心尋找；或許每當想去找的時候，又被別的事岔開了；或許我們以為下一次轉角處就有可能忽然相遇，就這樣，在等待中，我們失去了許多機會。我想，改變一下習慣，多一點好奇心，應該就會找到那個人，或許是走失已久的自己。

醜女的勝利才是女人的勝利

曾經，黛安娜王妃是英國皇室最受歡迎的人物，她的一舉一動，一件新禮服，一串合宜的珍珠項鏈，或是剛剛修剪的新髮型，都受到媒體報導與全球矚目。

自從黛妃殞逝，王室就顯得寂寥多了，直到前一陣子，記者捕捉到查爾斯王子與紅粉知己卡蜜拉，一同出席朋友生日派對的畫面。許多攝影記者在午夜前兩分鐘看見他們一起走下樓梯，等著轎車到來的時候，查爾斯轉身摟抱住他的伴侶，而後他們一起登車離去，旁觀的群眾高興的尖叫。媒體在頭版瘋狂地爭相報導，表示這是兩人首度公開露面，似乎透露出他們在尋求大眾祝福的過程中，已邁入一個新的階段。

卡蜜拉與查爾斯王子的交往已經二十五年了呢，然而，人們印象最深刻的是十九歲的黛安娜在婚禮中皎潔光華的形貌；是她捧抱初生兒掩不住的喜悅與羞澀；是她在攝影機前述說因為不愉快的婚姻而罹患厭食症的無助淚花，她是一個脆弱孤寂痛苦的妻子和王妃，那巨星般的光華仍令人迷戀。在那強烈光環之外，隱身在陰暗處的卡蜜拉，一直安靜的躲藏著。只有在黛妃悲情的怨懟中，她才會被提起，以一個婚姻破壞者的姿態，黛妃甚至惡意的稱她為「短毛警犬」。

卡蜜拉與黛安娜的相片並列，真的是相形見絀，或許可以說是相形見「醜」。她沒有青春美貌、傲人身材，既不性感也不高貴，總是保守的套裝造型，真是再平凡也不過了。然而在愛情的戰場上，她確實是勝利者。她與查爾斯王子之間，必然有著人們渴想的一種堅定熱烈的愛情，不是建築在外在條件上的，必須越過漫長歲月，越過世俗的價值觀和藩籬，越過一切譴責與誤解。

卡蜜拉一貫沉默著，終於等到，在世人眼前，午夜時刻，王子轉身深情的擁抱。她才是真正的灰姑娘。

大家都覺得黛安娜應該幸福的，應該得到真愛，因為她的美麗與璀璨笑容。然而，我覺得卡蜜拉的幸福與愛情更令女人振奮。縱使沒有傾國傾城的姿色，仍有足夠的競爭力，也能獲得永恆的愛情，卡蜜拉使身為平凡女人的我們瞭解到，究竟有一些珍貴的東西，比青春和美麗和性感更重要。

追記：這篇文章寫於上一個世紀末。一九九六年八月二十八日，查爾斯王子和黛安娜王妃正式離婚。一九九七年八月三十一日，黛安娜與男友多迪．法耶茲在巴黎遇狗仔隊追逐，車禍身亡。二〇〇五年四月九日，時任王儲的查爾斯迎娶卡蜜拉。二〇二二年九月八日，查爾斯三世登基，卡蜜拉成為英國王后。

在查爾斯的登基大典轉播中，我一直注意著卡蜜拉，世人對她的惡感已隨著歲月而淡去，她站在那裡，戴著冠冕，穿著低調而華麗的禮服，面露淺淺的微笑，成為了英王唯一的王后。她是查爾斯最初也是最後的女人，是他一生摯愛。遠在黛安娜出現之前，直到黛安娜離世之後。

在婚姻中不快樂的黛妃有句名言：「我的婚姻太擁擠了，因為有三個人。」站在黛妃的立場，卡蜜拉是第三者，站在卡蜜拉的立場，誰才是第三者呢？

說到底，查爾斯與卡蜜拉只是「將愛進行到底」，「一生只愛一個人」的典範。因此，我要修正自己的說法，卡蜜拉並不是醜女，在愛情與婚姻裡，沒有醜女人，只有被愛與不被愛的女人。

「有負眾望」好女人

我的朋友從小就叛逆，有強烈的個人主張。童年時在大家庭裡，妯娌之間紛爭不斷，孩子們總站在母親那一邊，她一向置身事外，覺得那些雞毛蒜皮的小事，不值得耗費氣力，母親曾說她冷血，養大了沒用。少女時代她不肯穿姊姊的衣裳，雖然那些衣裳的款式和質料都很好，卻不是她自己選擇的，她寧願省下零用錢，到地攤去翻揀自己想要的，姊姊說她什麼都不肯居於人下。

她在大學裡談戀愛，兩人站在一起確是賞心悅目的一對璧人。

男生考上托福準備出國，也邀約她一起出國深造，她說：「我並不想深造。」男生深情款款的說：「那你嫁給我，我們一起去美國。」她想了想，明確回答：「我還不想結婚，而且，我一點也不想去美國。」男生僵在那裡，不知如何是好。後來她對我說，如果他不一定要她一起出國，他們有可能在一起的。男生迫切的要求她結婚，忽然令她害怕，「分明就是對他自己和我都沒有信心嘛！」他們宣布分手，跌破許多人的眼鏡。

她會和她先生結婚，有點出乎大家的意料，我猜想，是不是因為他對自己和她都有信心？他們是公司同事，婚後同時競爭一個出國深造的機會，我發現她全心全意的，很認真的全力爭取，於是提醒她，當年曾經放棄過出國深造的機會的，她說：「那時候真的不知道深造什麼，現在很清楚知道自己要什麼了。」我再度提醒她，那個對手是她先生，她說她和先生說好了，教他千萬要卯足了勁兒，這樣才公平。

公平的結果出來了，她獲得進修機會，先生留在臺灣工作兼當奶爸。一直和他們住在一起、相處融洽的婆婆翻臉了，不相信媳婦真會做出這種「拋夫棄子」的事，搬了出去，擺明不會幫忙帶孩子。她還是在先生的支持下順利進修，回來後晉升為高級主管。

那段時間，她的行為與想法，給了我很多啟示。當時，我已成為暢銷書作者，同時又考上了博士班。一時間身邊的人議論紛紛，有些同學認為我占住了太多「機會」，很不應該；有些學長學姊覺得我又要創作又要念學位，是腳踏兩隻船的貪心做法，絕不可能成功，因為從沒有成功的例子。我沮喪的萌生退意，最糟糕的是，我不知道應該放棄哪一樣，因為我都那麼喜歡。我的朋友敲敲我的腦袋，不可思議的看著我：「你的機會是你自己努力得來的！妨礙了誰了？」我垂頭喪氣的說：「可是，從來沒人做得到，我怎麼做得到呢？」我的朋友沒有說話，我們沉默的把咖啡喝完，我仍掙扎在應該放棄創作，還是放棄學術研究的泥淖中，我的朋友忽然說：「我只知道一件事。以前覺得很棒的事，現在可能很遜！以前覺得不可能的事，現在也許就能做到。」

我果然做到了，她也做到了。如今，她照顧年邁的母親和婆婆的生活；安慰離婚的姊姊走出陰影；夫妻與親子關係良好。回顧那些看似有負眾望的種種舉動與決定，她淡淡的說：「我只是不想放棄機會，不想不甘願的犧牲奉獻。」或許正因為如此，現在的她付出得如此快樂。從那以後，「時代不同了」，變成我冒險與信心的泉源，因為時代一直在改變，所以，我們擁有更多的可能。

背棄童話・創造童話

在某些場合中，常常可以見到一位頗有成就的女性，她的專業素養深受好評，然而，她每次的服裝儀容都遭人議論。「四十幾歲為什麼還打扮成十幾歲的模樣？」「有沒有搞錯？她以為自己是小甜甜啊？」曾經，童裝令我們純真可愛，討人喜歡，但，長大以後仍執著於童裝，只會惹來「裝小裝可愛」的訕笑。因為不合時宜的緣故，我們大多不會選擇童裝，卻常常執迷於童話，深陷而不自覺。特別是女性，甚至把相信童話視為純真浪漫的象徵。

童話故事充滿著女性的受虐情結與救贖意識，這些往往被套用在現實生活的女性自我認知與兩性關係上。

我們熟悉的灰姑娘在廚房蓬頭垢面，日夜操勞，不時還要面臨粗暴的打罵，在繼母和姊姊的蠻橫下，只有苦苦熬著，這樣的屈辱和隱忍，彷彿變成一種美德或者美感。所以，我們在近來最熱門的電視節目「格格八點檔」中，不時可以見到被擰扭、針刺、杖擊、夾指的淩虐場面，短則五至十分鐘，長則延續半小時，受難者都是善良美麗而多情的女性。她們的受虐，加深了男主角與觀眾的憐愛，覺得她是一個薄命紅顏，應該要好心有好報的，雖然一時間也想不清楚受虐與好心是否有必然的關聯。在童話裡，這樣的受苦必有救贖，而路見不平，使公主或美女脫離苦難的，一定是男性。睡美人無辜受害，昏睡一百年，唯有路過的王子的親吻，可以令她甦醒。灰姑娘的牢籠，唯有王子攜來的一隻玻璃鞋可以幫她掙脫。白雪公主縱使肌膚若雪，也要受繼母的陷害，險些喪命荒山，所幸遇到七個小矮人，他們收留了她，讓她暫時安頓下來，但請注意，救贖她的是七個，矮小的，男人。

熟讀童話而又相信童話的女人，會不會因此忽略掉自己內在強大柔韌的力量，以為必須經由男性才能獲得救贖？而在救贖前必須先甘心受苦或受虐？

我認識的一個年輕女孩遇到情感上的困擾，她和同班同學相戀四年，情深刻骨，男友在外島當兵，他們面臨著時間與空間的阻隔，誰也不肯懈怠的努力維繫著。如今，她碰到的最大問題，是家人強烈要求他們分手。女孩的父母介紹一個擁有好幾家工廠的小開，給女孩認識，教女孩慎重選擇。女孩選擇了軍中男友，不肯移情別戀，卻引發了空前的衝突。父親聲聲逼問當兵的男生，能給女孩怎樣的生活？有房子嗎？有車子嗎？有存款嗎？女孩告訴父親，她自己有工作也有存款，她相信他們將來會過安定的生活。父親咆哮著罵她不識好歹，簡直是不切實際。母親低聲勸她，小開家產好幾億，一嫁過去就有別墅、有傭人、有豪華轎車，有富貴榮華的生活，女孩告訴母親，這樣富有並不能換來快樂，她只想和自己愛的人在一起，共度一生。母親哭著抱怨，都是那些小說電影把女兒教壞了，從天上掉下來的好運也不要。

自以為現實精明的父母親，必然覺得女兒理想化了，將來會後悔。在他們急於替女兒選定終身的時候，卻未曾考慮過他們那些價值觀，是否是另一則成人的童話？當兵的男孩此刻一無所有，並不代表永遠一無所有，他起碼與女孩共同擁有成長的經驗，堅定的情感，這些都是無可取代的珍貴價值。至於那位小開，他此刻的富貴榮華，也不能擔保一世的衣食豐裕，不是有「家大業大，捅的簍子也大。」這句話嗎？我們看過多少嫁入豪門的女人，曾經無比風光，令人稱羨，誰知日後背負夫家龐大債務，離了婚還要償還。

與女孩的父母相較之下，我倒覺得年輕的女孩更切合實際一些，未來的事誰也說不準，至少此時此刻，她選擇所愛，又能愛其所選，已是一種接近美好願望的姿態了。公主應該與王子匹配，是父母親篤信的童話；公主何妨與武士共赴天涯，是女孩想創造的新童話。

於是我發覺，要改換童裝是很容易的事，因為大家都看出不合時宜。要背棄童話卻真的不簡單，因為我們總是不知不覺找到替代的新童話，又如此自然的將童話當成了現實的法則。一個女人的成長，常常是從背棄童話開始的；一個女人的成功，則是創造了屬於她自己的童話。

學會造句·發現幸福

聽過一個小學生造句的笑話，說老師出了「如果」這個字詞，大家都造好了句子，只有一個小朋友滿頭大汗，苦不堪言，覺得好難好難。終於造好之後，出現了這樣的句子：「白開水不如果汁好喝。」一聽笑話的人都覺得很好笑，我卻彷彿看見幼小的自己，被許多字詞困住，努力要找到正確的造句。我後來背了許多現成的造句，只要老師考造句，就把它們填進去，雖然沒有創意，卻也萬無一失。

造句，變成索然無味的事了。

直到長大以後，我仍以為幸福是一處遙遠的所在，只要我認清方向，只要我努力不懈，總有一天可以抵達。我甚至曾經以為，觸及幸福的一剎那，天空會爆發五顏六色的煙火，成千上萬隻和平鴿凌空飛起，教堂的鐘聲嘹亮得響徹天際。我常常想著，幸福的線索究竟是一個人？或是一件事？還是一個地方呢？是不是每個人都能夠尋找到所謂的幸福？

幸福，變成遙不可及的想望了。

後來漸漸發現，只要把字詞放在恰當的地方，就能造出漂亮的句子，最重要的是，那是屬於自己的句子。接著也發現，所謂的幸福就是在一個恰當的地方，過著合適的生活，那是我喜歡的生活。幸福只是一種狀態，根本不假外求，就像造句一樣。

我走過惶惑的少年時期，流淚的戀愛時期，走進最豐盛的女人時期。我看見作為一個女人的那些貴重的質素，像天使潔白的羽翼，瑩瑩發光，承載著自己與他人的歡喜憂傷。我看見過溫柔如玫瑰凋萎；我聽見過純真似玻璃碎裂，然後，女人從灰燼中站起來，盛放如百合，璀璨似水晶。

感謝因我是女人而珍愛著我的人，你們的愛，使我更加確定自己的價值，並且發現了一個祕密：獲得幸福不是一種運氣，而是一種能力，這能力原來是與生俱來的。

【2023時空筆記・6】

年輕時以為擁有了大家羨慕的東西，就會快樂，就是幸福。走過大半的人生才發現，如果幸福是這麼物質的東西，那就好了。只要設定目標，總有達到的一天。然而，並不是這樣的，別人以為重要的東西，對我們來說可能微不足道，反而是一些平凡的時刻，與某些人愉悅的在一起，或是看著世界在我們面前展開，突然感動起來，甚至覺得感激。這才是幸福。

每天睜開眼睛，平和均勻的呼吸，便覺得幸福，這是幸福的最高境界吧。

沿途停靠：美味的關係

一、二、三，別妄動

小時候最喜歡玩的遊戲就是「一、二、三，木頭人！」，當「鬼」的趴在牆上，嘴裡喊著：「一、二、三，木頭人！」作為木頭人的我們，則在這短暫的時間裡，一邊改變不同的姿勢，一邊趨近「鬼」的背後，準備對他發動攻擊。而每當「鬼」回頭的時候，我們必須是凝定不動的。「鬼」或許知道我們在，卻永遠不會看見我們改變的樣子，若被他看見，我們就輸了。當「鬼」感覺到木頭人愈來愈靠近，他的呼喊便愈來愈促迫，夾帶著不安與焦慮。嘿！

這不正像是男女關係的對照嗎？

法院曾經判決一樁離婚案件，因為妻子參加婦運成長團體，雖然每週只有一次活動，卻引起丈夫不滿，認為妻子沒盡到為人妻為人母的責任，於是訴請離婚。這種片面要求離婚的狀況，與古代的休妻差不了多少，而法院宣判了離婚成立。

這判例引起社會議論紛紛，我覺得有趣的卻是，男人為什麼恐懼「婦運」？為什麼害怕女人的「成長」？我問過幾個男性友人關於妻子參與社會活動的看法，發現他們比較能夠認同的還是編織班、烹飪班或者插花與美容，因為那大抵仍未脫出「婦容」、「婦功」、「婦德」的範圍，是令人放心的閨閣女性。至於聽女性主義的演講，參與兩性平等的座談，彷彿便醞釀著一場家庭革命，將使男權受到侵害。

我認識的一位阿姨，有烹飪的好手藝，若干年來從沒聽過丈夫的讚美。兒女都長大以後，阿姨立志學好英文，充實自己。每天她勤練兩小時生字與會話，又拉著晚輩練習造句，她的丈夫對人說起她的英文自修經歷，總是從鼻子裡哼兩聲：「煮了一輩子飯，現在大概想煮給美國總統吃啦！」這樣的譏誚裡分明有著輕視的意味：你再努力也不過就是一個煮飯婆罷了。沒有贊許，沒有肯定，即使是女人自我的成長，也隱隱成為一種威脅。

這似乎也可以解釋為什麼女人在家帶孩子，支援丈夫出外留學，是天經地義的事；丈夫若支持妻子出國進修，就變成一段佳話，帶有傳奇色彩了。

女人的舉動常常引起男人的不安，於是，聰明的女人學會當男人注視的時候，淡然的凝滯不動；然而，終有一天趕上前去拍男人的肩頭，許多男人因此受到驚嚇或被激怒了，兩人的關係失衡，終於破裂。我喜歡「木頭人」這遊戲的最後一段，「鬼」被拍了肩頭之後，木頭人轉身就跑，「鬼」必須追上前去，捉住「木頭人」。更聰明的女人當然知道，當男人追上來的時候，不妨稍緩腳步，因為，女人回首四十五度角，等待追隨而至的男人，是最美的時候。

在蛻變之中

自從我出了一本長篇小說《我的男人是爬蟲類》，將女主角命名為「蝴蝶」，並且運用了許多飛翔、自由的意象之後，常有讀者問我：「是否覺得女人很像蝴蝶呢？」也有男性朋友不懷好意的調侃：「哎呀，不得了，毛毛蟲變蝴蝶，是一種完全的『變態』啊。」接下來藉機發揮的大發「女人太難了解」這一類的宏論。每當這種時候，我多半微笑不說話，因為我其實是同意女人的多變，而且常常變成完全不同的另一個人的看法。我把這能力看作是上天對女人的一項特殊的給予。女人有時會從毛毛蟲變成蝴蝶，也有從蝴蝶變成毛毛蟲的，這改變通常是因為男人和愛情。

少女時代我一直被視為「晚熟」的女生，就因為沒能了解這種變化的藝術與規則。念五專的時候，班上女生比男生多得多，平日裡當家作主的是女生，鋒頭最健的也是女生，她們在運動場上衝鋒陷陣，颯颯英姿，令我這個柔弱纖瘦的女生佩服不已。後來與其他學校的男生去一座河谷烤肉聯誼，卻發現我的那些同學全變了樣，她們秀氣婉約，輕聲細語，站在其實並不高峻也不危險的岩石上，用一種快要昏倒的嗓音顫抖的嚷著：「天啊，這麼高，好恐怖啊，要怎麼下去？」在班上一向備受姊妹照顧的我，這時候當然要姊妹情深的發揮一下見義勇為的精神囉。於是我飛快來到姊妹身邊，熱情洋溢的伸出我的手：「不怕不怕！我來扶妳！」那時候一直不明白，自己的行動從沒獲得一絲感激，反而眾家姊妹避之唯恐不及。

後來遇見一個覺得自己很有學問的男生，常常在聊天的時候，都是以「妳知道什麼為什麼會怎麼樣」做開頭，以顯示他的通達博學，但，我常常出於潛意識的搶答，「我知道是這樣的……」直到我身邊的姊妹終於忍不住問我：「妳在參加益智節目嗎？搶答那麼快幹嘛？」我覺得委屈：「他不是問我們嗎？」姊妹以一種我已經沒救的眼光悲憫我：「他是自己要表現啊！」比較成熟以後才明白，自己當日的行徑多麼惹人討厭。女生從很年輕的時候就了解，為了讓男人的英雄氣概得以展現，所以必須斂收起自己的鋒芒，變膽小、變無知。從一隻彩蝶變成毛毛蟲。

少女時代的蛻變多半是因時因地而調整的，成年女人為了婚姻或愛情而做的蛻變，就是下過決心或是狠心的了。一個並不算太熟的女友前陣子結婚了，據說婚前邀齊眾家姊妹，宣布結婚以後為了專心「經營」婚姻，所以，將與所有的朋友斷絕往來，大家都不必連絡了，因為她從此就是別人的太太了。參加這場「絕交宴」的朋友們都驚愕得說不出話來。

聽聞這個消息，我其實是為她的誠實暗暗喝采的，因為很多女人婚後都做了斷絕朋友的事，但很少像她如此慎重的開誠布公宣示。然而，另一方面，我也替她和她的丈夫隱隱擔憂。「請息交以絕遊」的決定，不知是出於妻子的自主或丈夫的期願，但，那感覺很像小龍女落下斷龍石，將自己活活困死在古墓裡的悲壯。不過，金庸小說中的小龍女是為了與死對頭李莫愁同歸於盡，這個女人為的是什麼呢？當她將自己鎖閉在婚姻裡，緊緊看守著丈夫和孩子，所有的注意力和焦點都只放在家人的身上，會不會形成龐大的壓力，變成另一種仇讎？

也有許多女人確實是「為女則弱，為母則強」的，這樣的蛻變令人驚歎。電視裡訪問一個模範母親，她曾是婚姻暴力的受害者，長年受虐，卻在丈夫意外死亡後，擔負養育子女的重責大任。扛過多年來的重擔，讓她看起來健朗自信，提到一段不堪回首的過去，眼中猶有淚光。當記者問到她擔不擔心女兒以後也成為婚姻暴力受害者，我看見這個母親渾身緊颯，直起背脊說，這是絕不可能的事，她會嚴重警告那些男人，你別碰我女兒一根寒毛，否則我絕不跟你善罷甘休。看著鏡頭裡她堅毅的神情，我知道她說得出也做得到。

有人認為因為女人缺乏自信，所以善於改變；有人認為女人是更能看清現實的，所以勇於改變。我想，重要的應該是我們為何改變？為誰改變？變成什麼樣的女人？

心靈能量最重要

曾有一位女教授教誨我們，學歷愈高的女性，愈不容易嫁出去，她特別以我作為例子，說像我這樣的女生，一定會要求另一半「身材比我高」、「學歷比我高」、「收入比我高」，所以就是難上加難了。我立即申辯：「其實，只要能談得來就好了。」

「談得來？」教授拍案歎息：「這要求簡直太高了。」

我以為這已是最低標準了，怎麼會太高呢？從此以後，我再不敢談論所謂的擇偶條件，同時觀察著，那些不高的擇偶條件都是怎樣的呢？

這幾年來，電視常有相親速配的節目，收視率也都很不錯。我最感興趣的就是那些年輕女孩高談闊論，有條不紊的宣告自己的擇偶條件：每月收入五萬以上，要有車子，應該有自己的房子，至少房子的首期已付清……原來，這就是所謂的「擇偶條件」。

最近上電視當來賓，主持人例行公事的詢問擇偶條件，另一位同樣未婚的男性來賓清清楚楚提出：「要有長頭髮。」我卻在一旁困惑著，長頭髮有什麼重要或特別呢？任何一個女人只要改變心情，都可能把長髮剪短，也可能戴上假髮變長髮，這竟然可以成為擇偶必須的條件？

我後來誠實的說：「擁有相當的心靈能量才是最重要的。」結果引起一陣譁然，議論紛紛，說這不但難度指數達到前所未有的六顆星級，而且有點玄之又玄了。

我的想法是，頭髮啦、身高啦、收入啦、車子、房子啦，都會隨著外界環境而改變，其實並不可靠，所以也不重要。真正要與我們長久相處的，並不是這一切可以看見的東西，而是內在的心靈。具有能量的心靈，能在富貴時不迷失，窮困時不消極，知道自己真正想追求的理想與目標，所以不輕易受到誘惑。人生難免有高潮低潮，唯有心靈能量充足的人，才能永保良好的情感與生活態度。

在情侶分手、夫妻仳離，情感充滿各種不安定因素的時代，我堅信真正能攜手走過人生道路的，都是心靈能量相當的人。

【2023時空筆記・7】

「到底什麼是心靈能量呢？」我常常得要回答這個問題，其實它沒有那麼玄，只是一種性格與價值觀而已。更簡單的說法，就是相處時覺得很舒服，能談得來，不談話時靜靜待著也不覺得無聊。

與心靈能量相當的人相處，會讓我們更喜歡自己，喜歡這個世界，產生「此生足矣」的幸福感受。

對自己的靈魂微笑

一段時間沒見的朋友，會忍不住詢問：「最近用什麼牌子的保養品？看起來似乎變年輕了？」初次見到我的人，則會意外的說：「沒想到你這麼年輕啊！」我只好自嘲的說：「是因為我出道太早了。」然而，我最大的困擾是美容雜誌或婦女版編輯邀請我談談自己的美容青春祕方。我從來不特別服食任何一種保養品，更不四處尋覓滋養的湯水，雖然在香港教書時，曾有朋友力薦我吃雪蛤糖水煥膚養顏，我嘗了個鮮也就作罷了。朋友研究我為什麼看起來感覺年輕：「哦，大概是因為頭髮愈剪愈短的緣故吧。」

其實沒有人知道，是因為我轉換了一種生活態度的緣故。

三十歲以前我一直都是很嚴肅的，嚴肅的看待人世與人情，我非常認真的工作與創作，堅持完美主義，使我時時繃緊神經，臉上的線條僵硬剛毅，友人嘲笑我「寶相莊嚴」，我則自詡「堂堂正正」，這使得我在二十幾歲時就具有四、五十歲的穩重了。後來，經歷了更多的挫折與鍛煉，我發現太嚴肅只讓自己更難度過困境。於是，我試著放鬆自己，深呼吸，而後對著鏡子微笑，將嘴角牽拉到半個圓的弧度，讓煩惱在上面打鞦韆，盪呀盪的，就掉下去了，不再困擾我了。

為了讓煩惱快點失足掉落，我帶著微笑出門，帶著微笑見朋友和陌生人。我並不是對鏡子微笑，也不是對任何人微笑，而是對自己的靈魂微笑。堅持微笑，使我的眉眼之間透露著喜氣，使別人願意與我親近，使我看起來比實際年齡年輕。

在香港的大學裡授課，感受到迅捷效率的壓力，我看見那些比我年輕又美麗的女同事，被嚴肅壓迫著，愁眉不展，失去了青春活力。她們也許有很豐厚的收入，也許有似錦的前程，可是，我一點都不羨慕她們。她們常常問：「怎麼你看起來總是很開心？」唉，我其實是以她們為殷鑒，時時提醒自己啊。

我的青春美容祕方是，保持好心情，最起碼要保持微笑。

【2023時空筆記・8】

這是真的，快樂的人看起來比較年輕。

已過花甲之年的我，無論如何，看起來都不可能年輕了。但是，開心和不開心的我，看起來確實判若兩人。

三、四年前有位女士打電話來工作室，希望我可以介紹醫美診所給她，因為她覺得我做得很「自然」。同事告訴她我沒有醫美，只是保持良好心情與規律作息，如此而已。女士不悅的說：「別跟我說這些場面話，我才不相信。」而後忿然掛斷電話。

如果看見現在的我，她就會知道同事非常誠實了。

憂傷自憐禁止進入

朋友對我說，她一直知道自己並不美麗，但，以前看見鏡中或照片裡的自己，總有一種明朗甜蜜的模樣，充滿魅力。如今，那種歡喜的神采失去了，縱使笑著也是不快樂的。我明白這些年來，事業上的壓力、感情上的折磨、家庭中的變故，使她失去了快樂的能力，而她竟然習慣去成為一個沒有快樂的人了。

那一天，我給她的建議是，改換一種態度去生活，將快樂視為最重要的人生目標，去追求，去獲得。她疑惑的看著我，說不知道是否還能找到快樂？我想起幾年前的自己，陷在緊張的壓力與忙碌的工作中，常因多慮而失眠，漸覺聲嘶力竭，快要撐不下去了，我的喉嚨很不舒服，於是去診所求醫。醫生詢問了我的生活狀況，不肯開藥給我，他說我只是與環境相處不和諧，如果不能改變環境，那麼就要改變自己。環境與遭遇有時是無法改變的，但，我們的心境可以改變。

冬天的時候去看了一部義大利電影《美麗人生》，敘述的是一個平凡的猶太男人，在二次世界大戰中，被拘捕進納粹集中營，卻以他的機智、勇氣和幽默感，用玩遊戲的情境，帶領年幼的兒子，在危險與災難中過快樂的生活。印象最深刻的一幕是，當時街上反猶太的情緒已經高漲，剛學會認字的兒子，閱讀店門口的招牌：「狗與猶太人禁止進入」，而後問父親為什麼狗和猶太人不准進入？這立即使我想起上海某公園中「狗與華人禁止進入」的牌子，令我們背負了百年的民族屈辱。

那位父親的回答卻是，每家店都有他們不喜歡的動物和人，轉角那家可能有「袋鼠和中國人禁止進入」的招牌，這沒什麼特別的，又問兒子是否也有不喜歡的動物？兒子說蜘蛛。父親很快樂的說，回去自己的書店就掛一個「蜘蛛禁止進入」的招牌吧。如此具體的說明了，我們不需要因為別人的偏見而困擾或者痛苦，我們不能改變別人的看法，卻可以改變自己的。

最近接受訪問，被問到為什麼看起來總是很快樂的樣子，是否從不曾經歷過挫折或打擊呢？往事洶洶湧動在胸臆，而我只微笑的說，經歷過什麼樣的事並不重要，重要的是如何看待這些事。

千禧年將屆，我已在心中製作一方招牌，上面寫著：「憂傷與自憐禁止進入」。

女人的罩杯與心靈的量杯

這些年各式各樣的豐胸廣告，以各種不同的方式出現在媒體上。如何使女人的胸部更堅挺碩大，不再是流傳的耳語，彷彿已成一種必需。有的廣告用男性投書為訴求，細細描寫過去妻子的平板身材令他覺得多麼無趣，床上關係日漸冷淡，日常生活更無交流可言，如今用過某某產品後的豐滿有致，使他多麼狂情迷戀，夫妻生活因此變得和諧甜蜜，如膠似漆。這是一種幻想的滿足式心理，看見這種「男性的告白」的女人，以為一對豐乳可以挽回情愛，可以解決婚姻關係中所有的困境。另一種是精神喊話式的自強心理，「做個讓男人無法一手掌握的女人」，暗示意味極濃的口號，從女人內在激起今非昔比的渴望，在生活上、在情感上都要求自主性，「男人只能緊緊相隨」。也許，有些女人迷信唯有一對豐乳，才可以將自己從生命的困境中解脫出來，擁有美好人生。

許多服藥、豐胸手術發生後遺症的新聞充斥社會中，使女人通往美麗伊甸園的道途上，滿布荊棘，疑雲重重。因此，近來業者推出了「不服藥、不打針、不開刀」的新方法，而能使女人由A罩杯晉升到D罩杯。這顯然是針對長久以來女人的疑懼與憂慮而設計的，乍看之下確實令人振奮。可是，政府相關單位日前已對這些不實廣告提出了警告，指出不服藥、不打針、不開刀，是絕無可能從A罩杯升為D罩杯的。於是，女人想要不勞而「厚」

的心願，至此破滅了。女人的罩杯可以保障幸福的迷思，要到什麼時候才能幻滅呢？

女人的婚姻與情感關係，如何保持維護，倚靠的應該是心靈，不是胸部；女人的獨立自主，競爭力的加強，倚靠的應該是頭腦，也不是胸部。

我認為女人有權利藉由美容的方式，讓自己變成接近期望的模樣。我的朋友有豐胸的、有抽脂的、有隆鼻的、有裝配滿口潔白整齊假牙的。女為悅己而容，因為想要更喜歡自己，所以改變，並沒什麼不道德。可是，以為美容之後就可以改變成另外一個人，卻是一種危險的幻想。

女人如果想要改變或改善自己的生活，必須先改變心靈的量杯，可以容納更多，對自己的瞭解更深刻，對自己的能力更有把握。

否則就像期望「不服藥、不打針、不開刀」而能有效豐胸一樣，都是不可能的事。

女人也要負責任

西蒙．波娃在《第二性》中說：「人非生而為女人，乃是變為女人。」所謂的性別差異，很多時候乃是後天逐漸養成的，女人被培養出溫柔、謙讓、忍耐、善於等待的美德，以符合男權社會的期望。同時，聰明的女人也發展出嬌弱、膽怯、猶豫不決的附加價值，使女人在面對競爭時，不必直接面對那些劍拔弩張的尖銳對立，獲得一些緩衝。

久而久之，連女人也不知道自己真正的面貌與欲求為何了，特別是在女權覺醒的時代，「女人不再是弱者」，是常常掛在嘴上的一句話，然而探究它的內容則會發現，那不是全面的覺醒，乃是有條件的覺醒，所謂的既得利益者不能特指男性，女性有時確實不讓鬚眉。

我的大學時代，女生們的女權開始嚴重的被意識到，我參加的社團女生比例大於男生許多，開會時，有任何決議，女生總是慷慨激昂，甚至不給男生什麼發言的機會，男生好不容易表達一點不同意見，馬上被女生否決，還要加注一句：「你們不要小看女生，男生能做的女生都能。」男生自討沒趣的閉上了嘴。後來社團搬家，一大堆沉重的櫥櫃，女生期盼男生出力，男生袖手旁觀：「你們女生不是很厲害嗎？」我默默去搬桌子，男生跑過來幫忙說：「你要搬什麼？我來幫你。」因為只有我從不把他們當少數民族，我相信人與人之間本來就該互相幫助，因此我果然也獲得了幫助。我一直覺得在兩性相處中，逞強或鬥氣都是一種耗費氣力的妄動。

畢業以後到社會上，發現許多女性工作者在職場中努力爭取平等尊重，或許也有不錯的成績，然而，當工作上的壓力挫折來襲時，卻馬上展現出脆弱的「女性特質」，甚至落著淚委屈的申辯：「我只是個女人呀。」言下之意是，我是女人，你們不能用男人的標準來要求我。這是不知不覺的撒嬌，也是示弱，期望用一種迂迴的方式轉換情勢，其實，也是逃避責任的潛意識表現。

在兩性關係中，我們也看見女性自覺到生育權操之在我，於是，面對搖擺不定的情感時，以懷孕來要求男人「負責任」的例子，不勝枚舉。若使女人懷孕，而男人竟不肯結婚，就叫做「不負責任」。每當我聽見或看見女人泣訴男人的不負責任，總是疑惑，這些女人不知道世界上有避孕這一回事嗎？她們是否對自己和另一個小生命負責了？又或者女人也在這一類的事件裡，扮演了看似受害實乃既得利益的角色？

過自己的情人節

我常喟歎地對人說，臺灣人負擔真重，不但要過西洋情人節，還有個七夕中國情人節，彷彿是非常重視戀愛關係似的。有情人的固然無法忽視這個普天同慶的重要節日，沒有情人的更有種無所遁逃於天地間的強烈感受。

那些包裝精美的巧克力，那些價值昂貴的玫瑰花，那些不一定可口卻一定很浪漫的雙人燭光晚餐，沒有人可以視而不見。辦公室裡的女同事們紛紛暗中較勁，誰的男友送了一大束花來了；誰的老公訂了五星級餐廳吃大餐；誰的未婚夫送了項鏈或手鐲……原本一個很單純的節日，忽然添上詭譎的氣氛。女人們臉上的表情瞬息萬變，連沒談戀愛的無辜者置身其中也惶惶不安。我覺得有趣的是，我們為什麼要過情人節？我們到底為誰過情人節？

許多節日其實都是紀念日，而情人節不該是個紀念日。

難道不過情人節我們就會忘記情人，或忘記了愛嗎？我看見過一個男人腳踏兩隻船，到了情人節忙得不亦樂乎，六點到九點，陪新歡吃晚餐；九點半到十二點，與舊愛共進消夜，順便將新歡送的玫瑰雙手奉給舊愛。舊愛仔細數了數，二十二朵玫瑰，「為什麼是二十二朵呢？」舊愛滿懷興味的問睏倦得呵欠連天的男人，男人這才知道玫瑰有二十二朵，但他不知道花語的意義。當時接過花來，他只努力想著如何從新歡身邊脫身，趕到舊愛身邊來。這樣的情人節，對男人與他的情人們來說，除了疲於奔命與隱瞞背叛之外，還有什麼意義？

假若情人節是要向情人表達感激與愛意的節日，那麼最重要的應該是心意而不是形式。我才不在乎別人吃一、兩千元一份的大餐，不稀罕三、四千元的一束玫瑰，最可貴重的，應該是與我相愛的這個人與這份情感。

我只想和我的情人去攤子上，吃一碗二十五元的蚵仔麵線，並且交換一張十五元的小卡片，把彼此的心意不厭其煩的寫下來，作為一個見證。我們曾經這樣的愛過，還將繼續下去。據說許多女人在情人節會有極複雜的情緒，暗潮洶湧，很多時候是因為太在意別人的看法和價值觀的緣故啊。談自己的戀愛，過自己的情人節，便是我的心靈喜悅良方。

【*2023*時空筆記・*9*】

現在早沒有二十五元的蚵仔麵線了，我家附近一碗要價六十元。如今還多了個三月十四日白色情人節，戀愛真的壓力愈來愈大啊。「我們每天都在過情人節啊。」講這種話的人，通常就是不想過任何情人節的人。不如結婚好了，婚後沒那麼多閒錢與閒功夫，只要一年一度的結婚紀念日，好好過一下，就大功告成了。

相對於女人，相對於男人

人們常說，世界上沒什麼絕對的事，都只是相對的比較而已。我同意這種說法，特別是在兩性的關係與差異上，一切都是比較得出的結果。

相對於女人，男人多半是在讚歎與期待中降臨人世的。許多年前醫學技術還不能準確的測知生男生女，孕婦肚子的弧度，胎兒心跳的頻率，就成了預測的線索。我的母親當年受到許多恭賀，因為種種跡象顯示她即將產下男嬰。即使是生產過程中，我的上半身已經「面世」了，接生的外國醫生還興高采烈的恭喜：「啊哈，一個小男孩。」直到我「全體」到齊，醫生才深吸一口氣說：「喔喔，是個小女生。」那個略微遺憾的歎息，從小就由大人們當成趣事說給我聽，有時我也自省，這麼多年來我的種種努力，是否只為了從「喔喔」走向「啊哈」？

相對於男人，女人多半是在惋惜與失望中誕生的。我的一個同事結婚多年之後懷孕生孩子，歡天喜地抱著小女兒出院，遇見的鄰居仔細端詳之後說：「小女兒長得像男孩子，下一胎，下一胎就會生兒子啦。」銷假回到學校，同事婉轉的對她說：「其實，女兒也不錯，現在人都是靠女兒的，你以後會明白女兒的好處。」我的同事原本準備好接受「恭喜」之後要說「謝謝」的，結果那聲「謝謝」就一直沒機會說出口。我們身邊有太多例子，一連串的姊妹之後，過了好幾年才又多出一個新生兒，這個新生兒通常是背負著極大的「弄璋」的期望的。反之生了一串兒子之後，一心一意求女兒的可就是鳳毛麟角了。正因為這樣，女人從小就習慣聽命於人，不願意自己總成為令人失望的角色，然而，將自己的意願深深埋藏之後，仍擔心表現得不夠好，不能使人滿意，帶著不安與恐懼的原罪過一輩子，這便是女人的宿命。

相對於女人，男人很早便感知到家庭或家族中對他的期望，他是焦點，也是重點，許多人物都是為他而存在的，歷史上和社會上的楷模多半都是男性，他已經感覺到自己性別的優越性。他也從年少起，就學會負責任、拿主意，做一個保護者，這些其實都需要花費好大的氣力。遇到挫折的時候，如果示弱或輕易求援，只會遭到嘲笑和譏諷。

不管對或錯，男人反正要下決定，當他做下了決定，格外不能忍受批評，他不肯認錯，因為知道自己的能力本來就不足夠，更要全力捍衛。男人因此沒有向同儕問尋求支援的習慣，最理想的交往方式，就是不遠不近、淡淡如水的君子之交。即使是一群看起來很「哥兒們」的好友，私下談起彼此也難免挑剔與訕笑，形成了「山頂洞人」的孤獨狀態。

相對於男人，女人是擅長於尋求同情與理解的，女人喜歡協商時那種被關注的感覺，從小辨別自己是否被重視、被寵愛，就是從對方是否願意為她解決各種大小問題來判定的。女人從穩定與依賴的關係中構築自己的宇宙，因此也不吝惜付出，她們對交心姊妹的肝膽相照是很令人驚羨的。從少女時代，若與一個女孩交惡，就是與十幾個女生為敵的經驗，相信是很多人共有的噩夢。全心全意的護衛與支持，這件事女人做得一向比男人好，因為她們是認真的動了感情的，所以愛恨分明，沒有曖昧地帶。這也解釋了為什麼女人縱使許久沒見，才聚在一起便立即構成了「圓桌武士」的友愛狀態。

自從男人與女人相戀，也就開始相怨，卻又不能斷然分離，陷在因愛而產生的苦痛中，不能超脫。有專家指出，這些苦痛的根源很多是來自男人與女人的差異性，因此，我們無可選擇只好面對，只好接受。然而，差異不一定只能產生鴻溝啊，善於熱烈支持的女人若給男人堅定的倚靠；擅長做決定的男人若替女人分憂而使她覺得甜蜜，不正是發揮差異而能獲得最大的利益嗎？也許，我們都該停止抱怨，迎向前去，給對方一個密實的擁抱，讓彼此緊緊契合。

白雪公主的風流韻事

我的男學生們最期待九月新生入學的時節，可以發現美麗的學妹；就像許多男職員最期待七月社會新鮮人來報到，可以看見年輕漂亮的女同事。如果他們看見長相不出色的女生，通常是毫不留情的批評人家長得很「愛國」啦，很「有公德心」啦，很「遵守交通規則」啦，或者乾脆而直接的稱為「恐龍」。莫怪總有人說男人是視覺的動物，他們的視覺主宰了判斷力。

女人對於長相不太好的男人往往還有一份悲憫之心，只要他們沒有過分討人厭的行為舉止。聽過一些女人說起身邊的醜男人，卻仍對這些男人心靈中或許存在的強大力量表示敬意。男人則很難感受到「恐龍」內在的強大力量，頂多感覺到摧毀愛情的強大力量而已。

正因為如此，漂亮的女人受到更多矚目與愛寵，久而久之，形成了一種唯我獨尊的「公主」心態，因為資源太過豐富，往往造成她們猶豫不決的性格。當「公主」受到熱烈追求的時候，通常是不進也不退的，保持著一種曖昧的態度。問她是不是不喜歡這男人？她說也不是不喜歡，否則怎麼會跟他去吃飯看電影呢？那，為什麼不肯安定下來，還把人家懸在半空中？她為難的回答：「不是啊，現在就定下來，那以後遇見更好的怎麼辦？」

聽起來很入情入理，卻令多少受冷落的女人吐血，令多少癡情男子扼腕。我就見過這樣的女性朋友，她們的笑容確實有著致命的吸引力，使得身邊的男人願意提供一切服務，她甚至還會有意無意地炫耀A男送了她什麼禮物；B男請她去了哪裡吃飯；C男寫了多少文辭並茂的情書給她……於是，從A男到Z男，人人有希望，個個沒把握。

總會有幾個男人等到失去耐心，等到忍不住發出最後通牒，這時候公主便顯得很委屈：「這個人怎麼這樣？我又沒逼他對我好，是他自己陷進去了。」說這話時的楚楚可憐，讓聽見的人心生憐惜，覺得根本就是那些男人無聊沒風度。

至於公主的第一志願，當然就是等著夢想中的王子到來。公主有時並沒能等到「更好」或「最好」的那個王子；有時就算已經等到，卻因為身邊圍繞太多男人，人馬雜遝，所以無法看清楚，竟然就錯過了。又或者比較懶惰的王子無意與那麼多競爭者角逐，根本繞道而過。要知道，王子天生尊貴，也很願意坐享其成的，並不想費太多力氣。公主就這麼等啊等的，等到後來，年歲蹉跎而過，慌慌草草拉了身邊最靠近的男人，走進禮堂，正應了那句「巧婦常伴拙夫眠」，懷著一種淒美的遺憾度過後半生。

有的公主果然如願以償遇見王子，兩人也展開甜蜜的戀愛生活了，王子卻發現公主仍悵然若失，仍常常期待著其他男人的讚美和注意，甚至對於其他的追求也並不斷然拒絕。在一次校園演講中，有個男孩很困擾的告訴我，他和女友之間發生了這樣的問題，令他倍感痛苦，不知道問題出在哪裡？我告訴男生，他可能遇見一個有「白雪公主情結」的女生，這位公主確實想在情感裡安定下來，但她習慣了許多愛慕者圍繞左右的風光，就像白雪公主習慣了和七個小矮人過熱鬧的生活，享受眾星捧月的滋味，只有一個王子在身邊獻殷勤，是不能滿足她的。

妳當然有要求的權利

幾年前搭一個朋友的便車，那天開車的是朋友的先生。或許因為工作疲累；或許因為堵車令人心煩氣躁，朋友先生駕車並不穩定，紅燈前猛力剎車；起動時衝力過猛，他的妻子後來終於忍不住輕聲說：「不要這麼急嘛，穩一點……」在我聽來，是很溫和而能顧全男人顏面的了。結果她的先生在紅燈前停下，攤開雙手，轉頭對妻子說：「你來開好不好？不如你來開嘛！」妻子沉默著，再不說一句話，因為她根本不會開車。後來，這朋友向我抱怨，每次都是這樣，她下了一個結論：「等我學會開車以後，就不必再受這種窩囊氣了。」當然，接著又說了一些女人應該有自覺，凡事應該靠自己這一類的話。但，我聽著卻無法認同，總覺得有什麼事情不大對勁，一時間說不清楚。我的朋友後來學會了開車，近來正在辦離婚，我因此大膽猜測，學會開車並不能使她少受一點「窩囊氣」，同時也漸漸明白，真正的關鍵在於她應該「要求」，她的要求應該被尊重。

不僅是婚姻或兩性關係，事實上所有共同生活或工作的人，都應該相互協調與尊重的。掌握方向盤的丈夫即使做得不夠好，也不允許批評，當然更不願意改進，他的高姿態建立在「只有我會」的優越感上。妻子放棄溝通，轉而自怨自艾的自憐，或者自立自強凡事靠自己，其實都不是解決問題的方式。如果意氣用事，也可以胡亂煮一餐色不香味不美的食物，讓丈夫食不下嚥，然後不負責任的說：「不愛吃啊？你自己煮啊，要不然你出去吃嘛！」人類社會最可貴的就是各司其職，分工合作。就像做老師的本分是授業解惑，遇到混水摸魚、不踏實敬業的老師，學生當然也可以要求更認真負責、諄諄善誘的教育者，才不會入寶山空手而歸。做老師的難道可以對學生說：「不滿意啊？那你自己來教啊？」

我真的認為「只有我會」沒什麼了不起，因為很多事只要努力去學，其實並不困難。我深深以為「只有我會」沒什麼優越性，我所提供的貢獻能令我身邊的人覺得舒適愉悅，才是我最大的榮耀。

【*2023*時空筆記・*10*】

我不是一個很有才能的人，會做的事情也不多，然而我發現自己有一個潛能，那就是能夠覺察出別人的才能，並將他們放在合適的位置，讓他們發揮所長。「原來我還滿厲害的嘛。」當我聽見那些人發出這樣的驚歎，重新認識並肯定自己，真是與有榮焉。

受寵不是幸福的事

和朋友們聊天，有個已婚男人，帶著抱怨意味說起老婆：「天啊，真搞不懂女人！」另一個男人氣定神閒的微笑說：「女人是用來寵的，不是用來懂的。」

此言一出，馬上匯聚周遭女性讚賞的眼光，成為當晚最佳風度男性代表。

我忽然想起大學時代，和女同學憧憬著另一半，總是帶著夢幻的微笑說：「我希望能遇到一個男人，很寵我。」女人為什麼需要寵愛？因為幾千年來女性生活史中欠缺自信，沒有經濟能力與心靈空間，所有的榮辱得失都在男人的寸心之間，所以，受寵就表示掌握了財富、地位、名聲、權力。然而，所謂的「得寵憂移失寵愁」，也正是古代女人揮之不去的夢魘。這段漫長的歷史軌跡，及至今日，仍像一種束縛，女人完成獨立自主的革命後，依然渴望受寵，以證明自身魅力，滿足無底無盡的虛榮心。

男人為什麼寵愛女人？就像我們有閒暇而不致花費太多的情況下，會豢養寵物，是類似的道理。這同時也是一種虛榮感的完成。寵人與受寵，竟然是建立在如此相似的心理背景下。

然而，寵愛或豢養，其實都只是一種上對下的，單向的關係。我並不羨慕受寵愛的女人，我想要的是瞭解，是一種對等的、雙向的關係。朋友對我說，有些女人只想求得一次受寵，尚且不可得，更別說被瞭解這樣的事了。我當然明白，也知道對某些人來說，能得到寵愛，即使是短暫的，像煙火，也算是燃燒過了，也就有了幸福。可是受寵畢竟是太被動的，完全受制於人，取決於人。

所以，我還是願意選擇瞭解，我渴望被懂，也懂得另一個人。

不在愛裡放肆，不恃寵而驕。如果獲得那人的成全，是因為被瞭解，而不是被縱容；如果那人不支持，我也希望聽見理性的建議，可以彌補我的不足，於是心安理得。我覺得這才是尊重，平等的兩性關係。

【2023時空筆記・11】

近幾年來真正豢養了寵物，才明白，寵不只是寵，其實也要懂。

兩隻貓咪剛來到我家時，對於牠們的需求一無所知，以為餓了就餵食物，有屎尿就清貓砂，這樣已足夠了。漸漸的才能覺察到貓咪也是有情緒的，牠們會爭風吃醋，會有撒嬌和耍賴的需求，會向親近的人尋求安全感，會恐懼、會憤怒、會頑皮也會善解人意。因為愛寵牠們，也學會了解貓咪的情緒與習性，將環境與自己改變得更符合牠們的需求。

因為尊重，於是建立了平等的人貓關係。原來，寵，真的不只是寵而已。

靜靜相守的時刻

我的朋友從美國打電話來聊天，她說她發現我出的一本書裡有〈尋人啟事〉這樣一篇文章，寫著：「尋找一個人，可以共度飄雪的聖誕夜。坐在火爐旁吃著剛烘焙好的巧克力餅乾，在無伴奏大提琴樂聲中，交換夏日裡的心情和故事……」她問我：「妳現在還有這樣的願望嗎？」我聽出那語意裡的譏誚，於是我反問：「這願望很蠢嗎？」「不是蠢，是很難辦到。」我的朋友與她的丈夫也是熱戀之後結婚的，可是，他們現在更強烈的盼望是生小孩。她曾經告訴我，終於明白，結婚之後為什麼要生小孩，因為生活是如此乏味無聊，如果不生小孩簡直無以為繼。那時候，我以為她是開玩笑的，現在聽起來倒很像是她真實的苦惱了。

「曾經，真的希望全世界的人都消失，就只剩下我們兩個人。現在，好怕周圍沒有人，因為心慌得不知做什麼才好。」這是我的朋友的告白。

我能夠瞭解，最初相愛的時候，總嫌時間不夠，親人啦、朋友啦、同事同學啦，通通都很礙眼。即使是漂流到荒島，只要與情人在一塊兒，也覺得甜蜜。曾經，我與戀人去旅行，說好了我們各逛各的，可是不管我去哪裡，總看見他微笑的身影，我走過去攔住他：「為什麼一直跟著我？」他很誠實的：「趁著我現在只想跟著妳，就讓我當妳的影子吧。不知道什麼時候我就不想跟妳了。」雖是誠實的，卻也令我感傷，這難道就是愛情的宿命嗎？

我的朋友結婚後，他們平日裡各為工作忙碌著，只要是放假的日子，就輪流打掃或購物，如果老公打掃，老婆就去購物；如果老婆打掃，老公就去購物。為什麼不一起行動呢？一起購物或者一起打掃？「我老公覺得太浪費時間了。」朋友說。他們一點時間也不肯浪費，把週末安排得滿滿的，不是請朋友來家裡烤肉，就是去朋友家打牌，要不然就是參加朋友或是同事的派對，筋疲力盡回到家，連聊天的力氣都沒有，便跌進夢鄉了。

他們為了「做人」的願望去求醫，醫生建議他們多安排一些獨處的時間，他們於是度過一個最難熬的週末，老公盯著球賽轉播，老婆把多年以來想看沒看的小說都看完了，她也是在那天看了我的書。「兩個人獨處真的不知道要做什麼？」我的朋友抱怨。兩個人獨處其實不需要做什麼，我曾有過這樣一段時光，與我的戀人倚在窗前，共搭一條羊毛圍巾，看著夕陽漸漸沉落，感覺著彼此的心跳和呼吸，一點也不覺得無聊。我們有時說起剛認識的事，有時說起共同認識的朋友，說起分別時候各自的經歷或冒險，說著那些必然會有的迷惑、恐懼、挫折和快樂，訴說著也聆聽著，給予安慰也獲得平安。生活還是一成不變的，愛情的感覺也不再那樣鮮明脆亮，可是，在歲月裡醞釀出一股溫潤的甜味，也能醉人。

許多人曾經相愛過，現在也生活在一起，卻失去了兩人獨處的能力。獨處其實很簡單，只是放下一切，擁抱對方，交託自己，在靜靜相守的時刻。

【2023時空筆記・12】

人類的關係是很奇妙的，剛陷入熱戀時，只要和彼此在一起，世界就是滿的。等到真的長久在一起，卻又覺得空，要找其他的人與事來填滿。人的心靈，到底是容易滿的？還是容易空的呢？我到今天也沒有想明白。

從一輩子到一被子

在一場研討會上，聽見一位教授笑談新世代與舊世代對於情愛的看法，他說，舊世代的人只要是有了心動的感覺，即使是牽牽手，也不自禁的，誠心誠意的，憧憬起所謂的一生一世來。新世代的人卻很迅速的，將兩人關係帶上床，成了「一被子」的事。聽見這個妙譬的人都笑起來，從一輩子到一被子，彷彿正譬喻了新舊兩代人對情愛的不同態度：過去的專情、執著，與現今的隨性、短暫；舊式的心靈交流，與新式的全面接觸。

的確，以前男女相戀，大約有了一輩子的打算，才會有一被子的親密，也有一些人是先有了一被子，才不得不相處一輩子的。在這樣的模式中，女人常常自以為擁有了保障，其實卻是被剝削者，再沒有自由選擇的空間。

我的一對中年夫妻朋友，婚姻關係惡劣，常常發生爭執，做丈夫的有一次為了數落妻子的不是，竟對我們說，他的妻子是個不貞的女人，在婚前就與他發生了關係。我們都很驚愕，他的妻子因為愛他，不顧家庭教育的約束，不顧社會道德的規範，不顧人言可畏，與他發生了關係。他們後來結了婚，這件事竟然成為丈夫對她的詆毀與羞辱。在驚異之中，我也領悟到，一直以來，女人莫名其妙的為被子裡的事付出過多少代價。

我所觀察到的新世代，其實不見得都是那麼聚散無常，毫不在乎的。只是，被子裡的事不再主宰他們的心靈與愛情了。有一次我和一位女學生談她的愛情困境，她很坦率的告訴我，她和情人的肉體關係很好，可是處不來，好幾次想分手也沒能成功。我盡量委婉地探問，是不是因為已經發生了親密關係，所以有了顧慮呢？女學生苦笑起來：「身體只是愛情裡面很小的問題吧？愛情裡還有很多基礎的問題，才是真正的問題啊。」我看著這個二十歲的女孩，訥然無語。她說的是對的，在愛情中我們不只投入了身體與感官，也投入了記憶和創傷，投入了性格與習慣，投入美好的質素也投入陰暗的破壞力。在兩個人的相處時光裡，身體的親密度並不能化解其他的問題，因為它所占的時間只是如此的短暫，它不是終極，也不是解答。不管新世代或舊世代，身體都不是愛情裡最重要的啊。

舊世代的男女憧憬一輩子的天長地久，於是，用一床錦被遮蔽了許多應該面對和解決的問題。新世代的男女破除了天長地久的迷信，掙脫了身體的束縛，或許反而可以追求到純粹的愛情，真正平等的關係。

冷漠是一種刑罰

我的女友近來相當消沉，和她說話的時候，她彷彿下一秒鐘就要崩潰似的，我看見她的隱忍和痛苦，曾經問過她，是不是和先生吵架了？她搖搖頭說沒有，但，她依然有著很深的情緒困擾。那天我們約了一起去挑選聖誕卡片，記得去年此時，她的先生還在外地工作呢，她挑了一張巨型卡片寄去。我提起這件事，她怔了一下，眼淚流了下來。我再一次問：「你們還好嗎？是不是吵架了？」她崩潰的哭起來，我聽見她啞聲說：「我真希望可以吵架！」

她很想和先生吵一架，可是，先生不和她吵，也不和她說話，已經快要一個月了。我想起很年輕的時候，我們這些女生聚在一起，常常會自己嚇自己：「如果嫁了一個虐待狂的先生怎麼辦」；「如果嫁了一個戀母情結的男人怎麼辦」；「如果嫁了一個性無能的老公怎麼辦」，什麼千奇百怪的事都想到了，卻沒想過，如果嫁一個不理你的丈夫怎麼辦？我的女友現在才知道，遇見這樣一個人的痛苦。

因為她自己的父親性情暴躁，動不動就大呼小叫，家裡的人都有些受不了，所以，她執意要找一個性格溫和的男人。談戀愛的時候，他們如果意見分歧，男人絕不對她咆哮，也不堅持，只是消失個把禮拜，然後恍若無事一般，再度出現，他們之間也就雨過天晴了。男友暫時蒸發的時候，她便會拉著我們去唱ＫＴＶ、逛百貨公司、喝下午茶，倒像在享受戀愛中的假期一樣。

結婚不久，先生去了國外，時空讓所有的衝突減緩消失，他們的感情更好了。直到先生回國來，她才知道，只要是兩人之間有了摩擦，先生所採取的就是完全的孤絕和冷漠。他可以無視於她的存在，一貫怠懶的神情，不管她說什麼都不回應，當然更拒絕與她溝通。忍受不住的時候，我的女友找過先生的姊姊出面溝通。據大姑子的說法是，她的丈夫認為：「既不動手也不吵架，只是懶得說話，難道犯了法嗎？」我的朋友因此覺得絕望了。

既不動手也不吵架，這樣的關係看起來是無可挑剔的了，然而，她的丈夫採取的，其實是一種完全的封閉，是情緒的封鎖，也是情感的關閉。在冷漠的對待中，不只是對事情的不滿，更是對妻子整個人的殘忍的棄絕。「我只是希望他開口，跟我吵一吵也是好的，起碼讓我知道應該怎麼做。」看著那樣深愛的人，卻對自己不理不睬，我的朋友竟也對自己產生了毀棄的意念。面對期望和先生吵架的朋友，我的疑惑是，那男人知不知道，他自以為的風度，其實是施與妻子最嚴酷的刑罰？這樣的刑罰，只能令彼此的關係，更無可挽救的毀壞。

愛情裡的雕塑課程

當我們愛上一個人的時候，也就開始了無窮無盡的雕塑課程。所謂的「雕」，是用既有的材料，去改變成我們想要的形貌；所謂的「塑」，則是憑空做出一個符合理想的形象來。人們不一定都有藝術天分，卻個個摩拳擦掌，準備在愛情裡大顯身手。

不管男人或女人，在愛情初初啟蒙的時期，都帶著無中生有的「塑」的夢想。男人想著，我的情人要有如瀑的長髮，如月亮的眼睛，柔情似水，專一執著。女人想著，我的情人應該高大英俊，既是灌籃高手，又寫得一手好詩，孤寂落寞中有著款款深情。於是，許多女生在年輕的時候堅持留長髮；許多男生在年輕的時候總是不合時宜的「酷」，都是自覺或不自覺的完成一種典型的塑造。當然，這樣的理想多半不會持續太久，男人發現女人的長髮並不能牽繫住長久的關係，女人也發現讓男人又打籃球又寫詩，還不如月薪十萬元來得實際。面對現實的那一刻，人們轉而開始尋找合適的物件，從事於「雕」的課程。所謂的「雕」，說到底就是以愛為名，要求情人改變。

男人一向有改變世界的豪情，常常，這夢想是從改變一個女人開始的，往往也就此結束。我的一個女性朋友，多年來都不喜歡穿裙子，因為覺得累贅，而且「沒有型」，她甚至常常遊說我們穿長褲，並且發表議論說，女人穿長褲是成長的開始。然而，她後來戀愛了，拖著我們陪她逛街買裙子和高跟鞋，這舉動當然惹來大家沒有惡意的訕笑，最主要是我們看著真不習慣。她的說法是因為要陪男友出席一些應酬的場合，男友希望她能把典雅柔美的一面表現出來，所以，要求她穿裙子。接著，她開始蓄養那一頭曾經宣稱怎麼也長不長的頭髮，再接著，她開始減肥。當他們和朋友聊天的時候，男人希望她安靜傾聽，不要發表意見；回家見他父母時，男人要求她保持甜美的笑容，不管聽見什麼都說「是」……直到有一天，她質疑道：「這男人愛的到底是不是我呀？」他們的故事結束了。

至於女人呢，青蛙王子的故事聽多了，便相信愛情的一個親吻，能使青蛙變成尊貴的王子，這其實是對於愛情的神力、自己的能力，危險的錯估。女人在愛情中採取的「雕塑」手段，是比較溫和的，按部就班的滲透。看電影《重慶森林》裡，王菲一次次偷潛入梁朝偉的公寓，從衣櫃裡一件件的換掉他的襯衫，內衣褲和襪子，甚至連浴室的肥皂都不肯放過的時候，我很被王家衛的象徵手法打動了。很多女人也就是這樣一點一點的令男人改頭換面的吧？改掉進食的呼嚕聲音；改掉他邊走邊剔牙的習慣；改掉他不洗澡就想親熱的欲望；改掉他和朋友去Ｐｕｂ喝到天亮的狂歡；改掉他只要和人聚會就搶付賬的傻子行徑……直到有一天，男人忍無可忍的對女人說：「跟你在一起我覺得好累啊。」他們的故事結束了。

在愛情中的「雕塑」與「被雕塑」，其實是被動的。我們只準備要愛，並沒有準備改變，改變遂成為愛情的附帶條件，每一次的改變都只為了取悅對方，難免有一點犧牲的心態，這改變取決於別人而非自己，困惑就此產生。要改到什麼程度，對方才會滿意呢？下一次又會有怎樣的要求呢？因為不是甘願的，所以看作是一種權宜之計，覷著一個機會，便打算恢復失土，露出原形。我其實相信人都有改變的潛力和願望。常常在經歷了一些事後，我們會有反省，有領悟，從內心深處激發起不滿現狀的動力，於是改變了。這改變是自發的，已經想得很清楚，因此沒有疑惑。在執行的過程中多是喜悅的，整個人被一團細細的光粒子所包圍，這樣的改變甚至令周遭的人都感受到振奮了。

能不能讓愛情本身就是一種驅動的力量？在愛中的人應該是因為感覺到自身的不足，所以想要改變，而不是基於交換的條件，做出暫時的讓步。

自我的雕塑，才是一種理想的完成。

【2023時空筆記・13】

「江山易改，本性難移」是我們耳熟能詳的一句話，然而，與另一個人相戀時，卻又在心裡抱著不切實際的想望：「如果他愛我，就會為我而改變。」結果多半不如人意，於是，生出怨懟與失望。

說實話，在相愛的過程中，愛得夠深的那個人，自然是心甘情願為對方改變的，為的是看到對方的快樂與安心。如果不管多麼努力，都無法改變另一半，那就改變自己吧。

獨占有理，霸道無罪

導師時間和學生們談話的時候，我總會一個個的問：「在戀愛嗎？」有些學生忽然受到驚嚇，面紅耳赤說不出話來，許久才說：「老師怎麼這麼直接？」我不想探問學生的愛情故事，我只想知道他們是否為情所苦？我是否可以幫得上忙？

有一對同窗戀人，男生的痛苦是女生親疏不分，見了男女同學一律親熱的攬臂摟腰，「這個我真的很受不了。」男生說。其他的男生也在一旁幫腔，都說這的確令人無法忍受。女生申辯：「大家都是好朋友嘛，而且，我一向都是這樣的，總不能認識他以後，就不交朋友了吧。」我問她假若男友也用摟摟抱抱的方式，向其他的女同學表示友善，她會不會覺得不舒服。「當然不會啦。」她不假思索的回答。「那是因為你知道我不會這樣做。」男生說。女生笑著，聳聳肩不再說話。是的，她覺得篤定，所以無所疑懼，她知道自己其實已經完全占據男生的情感與心靈。

愛情最重要的特質就是強烈的獨占欲念。愈在意一個人，愈想要進入他的思緒，愈要求一種忠誠的皈依，這想法操縱我們的喜怒哀樂。沒有人是完美的，所以每個人在愛中，都感受到不足與匱乏，投入愈深愈澈底，愈覺毫無把握。情人輕輕的碰觸，便是我們的救贖；情人與別人的親近，則是對我們的鞭笞。有些女性在戀愛中顯得歇斯底里，隨時追問或追蹤情人的意念與行蹤，都是被獨占欲念霸道的操控著。

我給女生的勸告是，想要建立兩人的親密關係，就應當考慮到對方的感受，不能完全任意而行，否則，就不要戀愛吧。我一向重視愛情的公平性，也相信與人相處就應該學會協調與配合。在愛情的修習中，能夠妥善管理控制自己的獨占欲念，是智慧的修行。可以獨占而不獨占，是愛情的最高境界。

然而，想獨占卻不能獨占呢？就像第三者的戀情，一旦不能說服自己，痛苦便一發不可收拾了。求之不得，苦苦糾纏的結果，只得含怨分手。我們必須面對獨占是愛情的特質，也是第三者的天敵的事實。

別愛飛刀手

那一年，青春玉女推出寫真集與新專輯《鈕扣》，在宣傳期間，說了一句感性的話，宣稱她最愛的男人是縱橫棒球場的舊情人，不意引起舊情人強烈反彈，說出「不知有多少男人解開過她的鈕扣」這樣的話，於是釀成軒然大波。

飛刀手所謂解開鈕扣的說法，無疑是一種醜化，意指像這樣的女人，我怎麼會存有餘情呢？卻彷彿忘記了曾經相愛過的往事。又有一種心態是，解開鈕扣的女人說出來的愛，是不值一顧的。令人感到惋惜的是，玉女已經與情人分手了一陣子，竟然忘記了舊情人在棒球場上有「飛刀手」的美稱，飛刀既出，例無虛發，想要不受傷恐怕是很不容易的。

當輿論一面倒的批評飛刀手無情，反應過度的時候，我更感興趣的是，飛刀是在怎樣的情況下出鞘的？是否有出鞘的必要？記得玉女與飛刀手兩情相悅時，連袂上綜藝節目的甜蜜景象，那時是深恐別人不將他們倆相提並論的。因為兩人都是知名人士，每當對方的姓名被提起一次，便覺頭上光環增加一圈，當時絕不會思考到對方是否在「利用」自己獲取名利，又或者被利用了也心甘情願。曾有作家說：「不愛，就是不相干。」既然已不相干了，看見自己的名字在一個微妙的時刻被提起的時候，當然格外不愉快了。飛刀已在鞘中蠢蠢欲動，發出憂鬱的鳴叫聲。

偏偏飛刀手已另有所愛，並將步入禮堂了。玉女「最愛」的宣言一出，飛刀手的回應中顯示出承受到的極大壓力。為什麼一句其實無關緊要的話，會給未婚戀人帶來風波？因為女人常常對自己擁有的愛情欠缺安全感的緣故吧。

假若是我，我絕不會把「愛」和「擁有」搞混了。「你也許愛過他，或將永遠愛他，但，我此刻擁有他。」我會這樣想，進而覺得這是對自己的男人的一種讚譽，與有榮焉。又或者，飛刀手若瞭解未婚妻的疑慮心理，能有足夠的智慧與溫柔去安撫，當媒體詢問他的感想時，他可以淡淡的說：「很感謝她，但我此刻已尋找到珍貴的幸福，祝福她也可以找到。」這不是既理性又有風度嗎？保護自己不一定要傷害別人啊。可惜，飛刀手為向新人明心志，不得不刀刃舊人了。飛刀至此不能不出鞘，也就不得不傷人了。
一切都是為了女人，其實，飛刀手也有男性的悲哀呀。

外遇新品種

曾經成為第三者，或險些成為第三者的女人，一旦事過境遷，聚在一起分享經驗的時候，不免驚訝的發現，原來所有的外遇劇本都是大同小異的。一直以為的獨特和傳奇，其實只是一種錯覺。

比方說，多數男主角呈現的形象，不再是強者的面貌了，過去，女人對男性的英雄式崇拜已不復存在，困惑失落的男人，反而激起女性的同情與注意。這些男人即使在工作上的表現很傑出，也是落落寡歡的——快樂的男人在這兒通常沒有戲分。

若有機會與他比較深入的傾談，就會看見他無人理解的寂寞。他有完整的家庭，卻一點也不快樂。「我不知道為什麼妻子完全不能瞭解我，她以前不是這樣的。」「孩子們很快會長大，他們有自己的世界，他們不屬於我。」最後，他得出一個結論：「我猜，是我不肯安於現實吧，我總相信這世界還有浪漫和夢想。」很少有女人會問，你的妻子不瞭解你，你是否瞭解她呢？女人很快就下了一個結論，他的妻子肯定是那種不求上進的黃臉婆。也不會追問男人與孩子相處的狀況，他是否真心陪伴孩子成長，是否領略了那種親子互動的喜悅？說到浪漫與夢想，女人總是很迅速就被打動了，她們始終相信世界有浪漫和夢想的。他是個好人啊，他努力工作，照顧家庭，這男人使女人想起自己似乎也不怎麼快樂的父親。當男人似有情若無意的說出：「不知道為什麼，看見你就特別有話說，談得特別深入。」的時候，女人於是情不自禁的給予和依戀。

女主角初期都會理性的告誡自己，絕不可以介入別人的婚姻，也自信能夠做到，只是要不了多久，就會發現太高估自己了。

永遠不能打電話去男人家裡；永遠只能分配到男人剩餘的時間；永遠不能去某些不太安全的地方；永遠不能任性的要求承諾。這一切令女人在愛中患得患失，四分五裂。偶爾一次終於見到男人的妻子，發現那竟是個優雅聰慧的職業婦女，便覺得一切都是騙局，卻不知道是誰騙了誰？只覺得輾轉疼痛，疾疾欲狂。

過去的外遇模式其實取得一種微妙的平衡，女人被男人供養，所以甘心等候，必須諒解。如今，女主角自食其力，有時候甚至還替男人周轉，經濟與人格的獨立和強勢，愈發不能忍受不夠平等的情愛關係了。

我的一個女友曾說：「我絕不和我的男朋友有金錢往來，否則我們不平等，我怕會失去對他的尊重。」這是很坦誠的告白。新世代的外遇關係還在揣摩變形之中，可以預見的是，男人要享有齊人之福，也將愈來愈辛苦了。

草原上的向日葵

儘管這些年來與婚姻相關的法令一再修改，臺灣的離婚法令仍使女性居於弱勢。離婚，意味著她們可能將失去家庭、經濟保障以及兒女。「離婚了就一無所有了」，是一條絕路，這或許也就是為什麼有些女人在婚姻出現問題時，會選擇攜帶子女自殺以求解脫的緣故吧。有些女性離婚後必須養育子女，這些單親媽媽，固然擁有了孩子，卻得背負極沉重的經濟負擔，她們人生的困厄才正開始。

這困厄有一部分來自社會成見，縱使離婚人口愈來愈多，對於失婚女性卻仍有一種微妙的歧視，彷彿是一個失敗者，聽聞者多表現出惋嘆的態度。因此，許多失婚女性將趕快找到一個新對象再度結婚，視為首要目標。這樣的焦慮與躁進，使二度婚姻添加了不測的變數。許多失婚男性反而能好整以暇的再度享受單身滋味，他們戀愛，過浪漫生活，卻不急著結婚。

單親媽媽的困厄，還有一部分來自現實生活的磨難。稚幼的孩子要哺育；已達學齡的孩子要上學；孩子病了要就醫、要照顧；她還必須工作養活自己和孩子。我聽說過一個職業婦女在公司裡賣力工作，天天早到晚走，獲得老闆讚賞信任，直到多年以後，同事們才很驚訝的發現，原來她是一個單親媽媽，有兩個還在念小學的兒女，這些年是母親幫她照顧著。她承認自己刻意隱瞞失婚事實是因為，就算她工作得再認真，老闆和同事也會有單親媽媽「牽絆太多」、「不能投入」的刻板印象。

其實，只要能獲得一些援助，單親媽媽的工作會更義無反顧，因為她們沒有丈夫可以依靠，沒有家庭可以庇護。所幸，臺北市社會局規畫了婦女中途之家，為離婚、喪偶、丈夫服刑或失蹤等，必須撫養十八歲以下子女並且生活有困難的女性提供了一個庇護所。公寓裡附設的安親班和臨時托兒所，正是單親媽媽最迫切需要的。

偶爾看見一些分類小廣告，小吃店，早餐店徵求店員或合夥人，竟看見標明著「單身女性或單親媽媽最佳」的字樣。可見在法令還不能盡如人意的時候，在社會資源還不夠充裕的時候，單親媽媽已像單身女子一樣，以充沛的生命力與旺盛的工作力，受到矚目了。我在街道轉角處，看見張貼著徵求單親媽媽為合夥人的廣告紙，彷彿看見草原上，一株株鮮豔奪目的向日葵，只要有陽光便能綻放，將困厄換成剛強。

週末女子出軌俱樂部

我的一個已婚的女性朋友，週一到週六都要上班、要做飯、帶小孩，送孩子去補習，為加班的先生煮消夜，星期天不是去看公婆就是回娘家盡孝道。不管生活怎樣忙碌，她一定要求星期六下午的自由時光，不過就是午餐之後晚餐之前的四、五個小時，從正規的日常生活軌道裡脫出，一段逸樂的時光。

在這段出軌時光裡，她常常和女性朋友約了喝下午茶，去看畫展、去血拼，或是一個人去看電影、逛書店，去發掘城市裡正在流行的新事物，然後，帶一盒熱騰騰的蛋撻或剛出爐的巨蛋麵包回家。孩子們都期待母親的週末城市探險，因為回家的母親容光煥發，而且有好吃好玩的。朋友原本就是一個浪漫的人，千篇一律的家庭生活曾令她深感疲憊，直到偶爾幾次週末和朋友相約，聊聊彼此的生活，發現其中的瑣碎無聊竟都如此類似，接著又分享了一些生活中重要的感受與心情，獲得支持和鼓舞。

「這是很重要的。」我的朋友說：「很少有女人在婚姻或家庭中受到肯定，好像我們的付出都是理所當然的，而且，永遠不夠。我的朋友會告訴我，我做得已經很棒了！」

在那樣的下午茶之約裡，品嘗著美味的咖啡與糕餅，她不再是某人的妻子、某人的母親、某人的女兒，她只是一個純粹的女人，在休憩中享受生命。一些瑣細的紛擾忽然變得遙遠，因而可以比較客觀的看待，也就更能平心靜氣了。其實，最難的部分是取得先生的諒解，先生總覺得既然是一家人，有什麼活動就應該全家出動才是，她的堅持，甚至引起先生對婚姻不穩定的疑惑與困擾：「你為什麼想要獨處？一定是不想和我們在一起的緣故吧？」「別傻了！」我的朋友是個樂觀的射手座女人：「就是因為對你們都很放心，才敢一個人出門去晃蕩啊！」先生仍覺得事情不對，也要求自己的出軌時間，當妻子返家後，就是先生的時間了。

可是先生總是磨蹭著遲遲不出門，還問女兒一分鐘一塊錢的「漫畫王」在哪裡？在家裡吃過晚飯不是說累了不想出門，就是建議不如全家一起去看電影。兒子問母親，為什麼父親好像都沒有地方可以去的樣子，我的朋友猜測，男人到了中年以後，對家庭的眷戀與依賴就愈來愈深了。

我的朋友仍持續著她的出軌俱樂部活動，每一次都有無以名狀的快樂。先生和孩子期盼她返家的熱切，使她更加肯定自己，作為一個女人，同時也是妻子、母親的珍貴價值。

【*2023* 時空筆記．*14*】

朋友的母親曾經對這種週末出軌俱樂部相當不以為然，她說：「夫妻兩人各玩各的，要怎麼維持婚姻？全家人就是要在一起的啊。」朋友笑著解釋：「我們沒有各玩各的，我只是需要透透氣。」母親還是憂心忡忡：「以後離婚了，不要哭給我看。」

朋友沒有離婚，母親卻和父親處於分居狀態。母親把生活安排得很滿，進香團、廣場舞、唱KTV……「妳真的不管老爸啦？」朋友好奇的問。「我都快八十歲了，還管他？累不累啊？」朋友慶幸母親開始認識自己了，她們母女二人終於有了共識。

公路上的四十分鐘

曾經，每天我坐計程車去學校，跨越臺北城，從南到北，約莫半小時到四十分鐘的路程。我習慣行走的是一座山坡高地，一條整修後的隧道，途經第二殯儀館，上了建國高架橋，下橋後再過一條隧道，便看見群山環抱的校園了。曾有人問過，在這不必開車也不必趕車的時段裡，我都在做什麼呢？

我在越過山坡的時候，看著季節改變植物的顏色；過隧道的時候，想起小時候穿越隧道的同伴；經過殯儀館時，懷念那些遠行的長輩……有時候，就只是怔怔的發楞；有時候，在遇到沮喪失意的考驗的時候，我會靜靜的想個明白。在那四十分鐘的車程裡，我決定去愛，決定放手，決定一些冒險的事。

「在那四十分鐘的公路上，我明白了最重要的事。」說話的是一個女人，她是一位系主任的妻子。

那天，應邀到一所大學演講，系主任親自接送，車上還有他剛剛從美國返臺的妻子。我們一上高速公路就迷失方向，妻子將地圖遞給丈夫，迷路又趕時間的丈夫，接過來向妻子微笑的說：「謝謝。」看見他們之間的柔情溫存，聽見妻子串串銀鈴般的笑聲，我幾乎以為他們是一對新婚燕爾的夫妻。然而，他們已經結婚六年了。

這對夫妻是大學同學，相戀十餘年，一同到美國留學，原本丈夫修的是傳播資訊，妻子學的是資訊管理，後來，妻子決定轉行從商，為的是「不想跟他走同樣一條路，這樣才有自己的空間。」那時候，走自己的路，有自己的空間，是很重要的事。從商之後的妻子對會計產生興趣，白天工作，夜晚修課，就這麼刻苦耐勞的把美國會計師資格考上了。其間丈夫有了回臺灣發展的好機會，他們倆平心靜氣的商量，妻子了解丈夫必須回臺的現實；丈夫也諒解妻子不願擱下資格考試以免日後懊悔的堅持，他們選擇了各居一方的婚姻生活。

「那時候總覺得還年輕，以後有很多時間可以在一起。」妻子說。然而，去年丈夫的父親罹患肝癌，這場病使他們覺悟到歲月與無常的不可掌握，妻子於是認真思考與丈夫團聚的可能性。

真正的關鍵還是九二一大地震。妻子在辦公室裡聽同事說起地震的消息，她只知道很嚴重，卻缺乏一切資訊，到底有多嚴重？在臺北的丈夫是否安然無恙？家中的電話不通，所有的消息都斷絕，她無法待在辦公室裡，必須要回家。

從辦公室回家的四十分鐘，行走在高速公路上，兩旁景物似光影一般斑斕掠過，她在瀕臨崩潰的邊緣問自己，如果真的失去丈夫，如果永不能重逢，將會如何？她責怪自己，為什麼這樣的時刻，卻不能和自己所愛的人在一起？

不到一個月的時間，她成功申請調回臺灣工作。

不需要長久的考慮，不需要全面的衡量，這個決定看起來很像是一時的衝動，然而，在那四十分鐘的時間裡，她已經把自己的一生都想過了，曾經重要的事不再重要，她找到了此時此刻最重要的事。

沿途停靠：自己的形狀

幸福號列車

參加同學會那一天，陰濕中還透著點陽光，畢業了十幾年近二十年的同學，從四面八方聚集而來，有些全家福共同出席；有些攜帶著兒女；有些展示著家人連同寵物的相片，熱熱鬧鬧的，驚詫聲不斷，說這個人胖了這麼多；說那個人的女兒長得真像媽媽；說最愛美的女同學怎麼竟花白了頭髮；說籃球打得好的男同學看起來像歐吉桑。

我是一個人單獨赴會的，不只赴同學會，也赴人生之會。「單身也好，為自己活才有意思。」已經離婚還得撫養孩子的同學安慰我。

「早跟妳說過，眼光不要那麼高，將來老了怎麼辦。」婚姻和諧美滿的好友，每次看到我就要數落。

我那天顯得特別安靜，看著這些都邁向四十歲的世間男女，看著歲月在我們身上的神奇作用，心中充滿敬畏。我還記得春日午後的球場上，我們曾經為班上的籃球賽，聲嘶力竭的吶喊加油；初秋的海岸沙灘上，我們曾經圍著營火傾訴未來的人生夢想，火光在我們青春的臉龐上跳躍。那夜我為自己勾勒的藍圖是一個甜蜜的家庭，丈夫和孩子，或許還能養一條狗，我為他們烹煮晚餐，從烤箱裡取出烘焙的小點心。

當時有同學說她要成為一個作家；有同學說要念博士；有同學立志要成為一個名人，我卻只有一個小小的夢想，就是遇見一個人，建立一個家。

然後我們畢業了，各自登上人生的列車，卻發現再嚴密的規畫也有疏失，再謹慎的行路者也會迷途，這列車將我們帶向意料之外的旅程。列車轟轟往前行駛，我才知道，原本以為的小小夢想，得靠大運氣與大智慧才能成就，而我並沒有。遇見想成為作家、博士和名人的同學時，我竟感覺羞赧，因為有些事就是這麼偶然的發生了。

一個女同學觀察了我一陣子，靠近我身邊，告訴我這些年來她總在報章雜誌上看見我的訪問，看見我的頭髮短了又長，長了又短，她說她最羨慕的是我看起來總是很如意的樣子。「這麼多年來妳都沒什麼不如意的事吧？」她渴望確定的詢問。我看著她，胸中忽然湧起滔滔情緒，過去那些年來的事如流星一般自眼前閃過，那些有淚有痛楚的艱辛往昔，此刻看來竟也成了美麗。不知道她是如何定義所謂的「不如意」的？我漸漸學會把不如意當成一時的狀態。在工作上因為表現優異而遭排擠，這是不如意的，但，我只要想清楚了，便能繼續堅持下去。而在第二天，因為買到一本喜歡的書，我就覺得很如意了，並把這愉悅的情緒盡可能持續下去。童年時曾在課本上讀到一句話：「人生不如意十常八九」，這句話我可是用了成長的歲月去體會的。這世界從來就不是為我們量身訂做的，那麼，不如人意也就是理所當然了。

每位同學說起別人都是「他可幸福囉」，都對自己的現狀有些不滿，卻也都有些滿足。幸福是一種需求，但其實不必強求，因為它有時沉潛於深深的海底，我們只需等它甦醒，如同海浪其實來自看似平靜的海的脈搏。我有過許多期待幸福來臨的經驗，安靜的，一點也不躁進，到最後，這種等待本身也就是一種皎淨的幸福。

看著我的同學們，我為他們嘲謔自己的方式而發笑，有時甚至笑著流出淚來。在街頭再度揮別的時候，大家握住彼此的雙手，互相叮嚀：「要幸福哦。」我們好幾個人一起搭上捷運，熱熱鬧鬧的，好像又回到畢業旅行擠在遊覽車裡的年紀與歡樂。他們一個一個到站下車去了，只有我仍在旅途中，忽然空寂下來的車廂裡，我看見窗上投射的一個中年女人的微笑的側影，我認得那是我自己。

我知道，或許，不能完全掌控未來的方向，但，我可以珍惜目前的一切，創造更好的機會，時時保持愉悅心情。不管擁有怎樣的生活，一定要感覺幸福。這不斷載著我奔向前方的人生列車啊，我決定替它命名：幸福號。

我的專長是背叛

記得多年前看過一位婚變的女作家，提起婚變中最痛苦也最難堪的部分，就是情感上被人背叛了。她說，人類最痛苦也最受傷害的就是背叛。我想起凱撒大帝在階梯上，不能置信的轉過頭，去看從背後刺殺他的義子時，那樣碎裂的眼神。我想起吳王夫差在火光中，瞪大了眼睛看著他最寵愛的西施，無聲的問：「這就是你要的嗎？」那樣的痛澈心扉。是的，背叛令人難以忍受。因為恐懼遭到背叛，我們甚至連信任也失去了。

有時候我們也會聽見這種說法：「應該好好善待自己，因為你永不會背叛自己。」曾經我信以為真，直到後來，我發現自己是最擅長背叛自己的，這樣的背叛從未停止，而且還將繼續，簡直就是樂此不疲。

曾經，少年時期，我迷戀上死亡這樣的事，覺得所有美好事物都應該在青春正盛時結束。「夭折」，是一個極美的辭彙，有著一切都來不及挽回的悲切。「英年早逝」，因為早逝了，特別令人感覺到逝去的惋惜。所以，我是打定主意要做一個夭折的女孩的，讓父母親人為我痛哭，於是，會有人勸慰傷心過度的我的親人說：「其實啊，她不是凡人，是天上的玉女，來人世走一趟，王母娘娘召她回天庭了。」那時候只要是早夭的孩子，人們總如此解釋著，也解除著家人的痛苦。一個普通的孩子，早死了就成了金童玉女，我覺得很有趣，希望自己也是其中之一。再加上看見了成人世界裡的紛爭與無奈，我真的迷戀死亡。

然而，同時，我也迷戀起生活的氣味：過年時放過鞭炮的長街；夏日裡愛玉冰的檸檬香氣；秋日晴空下騎著自行車穿過田埂；春天在堤邊放高高的風箏。

二十歲那年，我背叛了想在成年前就離開人世的自己，因為不想讓愛我的人為我痛哭，因為生命有太多值得探索的未知，我捨不得死，決定漸漸老去。

一篇篇寫著小說，我一直告訴自己，要到三十歲才出書，覺得三十是比較成熟的年齡，三十而立，出第一本書，是一種接近圓滿的狀態。然而，二十四歲那年，出版商收集了我的作品，以盜版充斥為理由，與我簽下合約，出版了第一本書。於是，我有了新的計畫，到三十歲以後就要隱居起來，專心寫作。因為那時候認為，創作者應該是孤獨到接近孤絕的狀態，就像張愛玲那樣，離群索居，就算沒能寫出什麼曠世巨著，好像也盡了作家的本分了。

三十歲的時候，我背叛了一直想隱居起來安靜寫作的自己，因為與人接觸中，我更能學習成長；接近人群，讓我更瞭解大眾的願望，而且只要進入寫作狀態，我自然就安靜沉潛下來。

曾經，我以為一生之中愛一個人，永誌不渝，是最幸福的事。為了第一次遲遲才開展的愛情，我放下一切，遠赴異地，為的只是住在同一座城市裡，一通電話便能約了喝咖啡。在那座陌生的城市裡，我再不是一個忙碌的女人，每一次電話鈴響起，我知道都是他，我的電話號碼只有他一個人有，我是一個因為愛情而把世界變得很小很小的女人。然而，愛戀中的快樂也使我自由自在的飛翔，世界彷彿又無比遼闊。

在這一次傾付所有的戀愛與失戀後，我背叛一直以來相信的愛情的絕對與專一，因為發現人是如此軟弱易變，不是每個人都能在最重要的時刻堅持最初的願望。但，我知道自己下一次仍能愛，而且愛得更成熟，更接近理想的幸福。

以前每次入學或畢業前，最麻煩的就是要在一堆表格上填一堆資料，特別是在「專長」這一欄，我看見別人的專長都是成串的，我的卻多半是空白。以後我再不擔心了，下一次我將在「專長」欄裡填上「背叛」。是的，我一直在背叛自己，與昔日的自己揮手作別，因為那些舊的想法裝不下新的自己，只好淘汰了，像換上一件新衣般，欣喜自在。

我又不是紙娃娃

週末午後難得和朋友約了一起逛街吃晚餐，我們從少女時代就結識了，算一算已有半生。那天正好碰上換季打折的最後一個假日，為了晚餐可以多吃一點，我們當然也不能免俗的穿梭在「低價出清」、「一件不留」的櫥窗間，一方面以血拼為運動之本，消耗熱量；一方面為衣櫃裡永遠欠缺的一件衣裳而努力。

挑選衣服時，朋友興高采烈抓起一件塞給我，嚷著：「這是你的尺碼，快去試試。」我看了看號碼，輕輕放下了，說，這不是我的尺碼。「怎麼不是？我記得的……」我說她記得的是我多年以前的尺碼，現在起碼大兩號。「怎麼會呢？怎麼會呢？」我的朋友忽然變成鸚鵡，不斷重複這句話。

我們那天逛街的戰果並不輝煌，因為朋友發現她可以穿的尺碼，與她所以為的尺碼也有一些差距。「臺灣的女人都這麼瘦嗎？還是尺寸都做小了？」我搖搖頭沒有回答，我的朋友的情緒就此沉落了。

我們後來吃晚餐，朋友變得無情無緒，點菜的時候一直計較卡路里的數量，和她相比，我就顯得豪情萬丈多了，點完正餐還想吃甜點。朋友阻止我，我極力爭取，說這裡的甜點最有名，她也應該嘗一嘗。「天啊。」我的朋友怨歎地說：「你還吃得下？」我告訴朋友，我不會因為自己的身材改變而沮喪，一點也不會。

我們當然要改變的，從少女的天真單純變為圓融堅強。我們都經歷了許多事，在感情上、工作上、生活上，一次次跌倒了，一次次爬起來。如果，我們的眼睛比過去深沉而有洞悉力，我們的心靈比過去厚實而有感受力，那麼，我們的臂膀比過去結實，我們的腰腹比過去粗圓，為什麼會令我們如此困擾呢？歲月流逝，在我們的內在與外形都留下痕跡，這些留痕不是應該同等喜悅的看待嗎？許多女人都羨慕芭比娃娃永恆不變的細腰豐臀，但，她不是真正的女人。就像我們小時候自己剪成的紙娃娃，為她換上各式各樣的美麗衣飾，不管多少年，身材分毫不變，因為她沒有成長，沒有經歷人生。

我可不想做紙娃娃，一遇水就損壞。我是一個行過風雨無懼挫折的女人，我的內在一直在成長，我的外形一直在改變。

【2023時空筆記・15】

曾經，我穿衣的尺碼是S，有時候甚至是XS，第一次發現M可能更合身的時候，心裡蕩漾了一下，但還存有一線希望，以為藉著飲食控制，就能再把自己塞進S，卻不想這是一條不歸路，從M出發之後，便毫無罣礙的一路衝向L。中年的我，對於這樣的變身，也顯得淡定了許多。或許是因為除了自身的體態，還有更多值得注意的事吧。

我是個L女人，有著L的胸襟與包容力，我要追求的是L的快樂與自在。

幸福的祕訣

過了三十歲以後，長輩們總是對我語重心長的教誨著：「一個女人再有成就，也比不上終身幸福來得可貴，所以，還是要……」在各種媒體上接受訪問，總不免被問道：「妳結婚了嗎？」我說沒有。「有準備要結婚的對象了嗎？」我說沒有。「一定有很多人追求吧？」我仍誠實的回答，沒有。

訪問者此時便自然流露出一種了解的遺憾神情，歎息的：「唉……這樣啊？」每當這個時刻，我都會有一種衝動，想要懇切的給予建議：不要，請不要同情我，為什麼不問問我對現在的生活是否滿意？為什麼不問問我是否感覺幸福呢？

所謂的幸福，並不在於我們擁有的東西，而是一種身心狀態。曾聽過一個故事，說有個億萬富翁，他什麼都不缺乏，只缺乏快樂。有一天他路過城外，看見一個住在破屋裡的老鞋匠，衣衫襤褸，每天就靠著補鞋勉強餬口為生，卻日日哼唱著歡樂的歌。富翁想向他購買快樂的祕訣，於是送給他一大筆錢。從此以後，再聽不見老鞋匠的歌聲了，他食不安、寢難眠，隨時擔心有人偷竊或搶劫，又煩惱著如何運用這筆錢。最後，他將錢全數退還富翁，並且將自己發現的快樂祕訣告訴富翁：「日出而做，日入而息，什麼也不必擔心，就會很快樂。」幸福，也就是一種不必擔憂的狀態。

一個忙碌的職業婦女，加班一個禮拜之後的星期天，睡到中午才起床，蓬著頭髮穿著睡衣，胡亂煮一碗泡麵吃，忽然覺得幸福。「穿著睡衣吃泡麵」就是一種幸福嗎？當然不是。而是在昏天暗地的混亂之後，可以鬆弛怠懶的把節奏放慢，這樣的狀態讓她舒適。一個年近四十的男人向來注重穿著儀容，好不容易有了一個新生兒，他將兒子捧抱在懷裡，與朋友聊天，忽然兒子的尿像噴泉一樣，淋了他一身，連頭臉也不能倖免。朋友們替他尷尬，他卻摟緊兒子又親又笑，得意的一塌糊塗。「嬰兒撒尿在臉上」，就是一種幸福嗎？當然不是。而是中年得子的男人，在多年盼望之後的滿足與珍愛。

人們都說，小時候有家庭很幸福，但，我們聽過許多孩童暗夜的哭聲，我們發現那些童年時來自家庭的創傷，對於性格與命運有著多麼負面的影響。人們常說，成年以後順利走入婚姻是一種幸福，但，我們看見婚後因為雙方不能協調，反而成為仇雔的夫妻，他們的痛苦宛如置身煉獄。人們又說，老來有兒女承歡膝下是一種圓滿的幸福，可是，我們都看過或聽過父母親把養老金、退休金全掏空了，也無法彌補兒女的虧空，心力交瘁而又一無所有。

並不是家庭，而是溫暖的家庭；並不是婚姻，而是美滿的婚姻；並不是兒女，而是體貼的兒女，這些才是幸福的要素。溫暖、美滿、體貼，都是一種身心狀態，是看不見的，只能夠感覺。偏偏，人們卯足了勁兒追求的，往往都是那些看得見的東西，誤以為那些就是幸福。

所謂的幸福，有時候不僅是一種身心狀態，還關乎你的想法。

前兩個月到深圳去辦簽名會，上了當地收聽率相當高的廣播節目，主持人也是一位女性，我們分享了許多女性特有的心情，然後，談到了單身的問題，主持人問我：「現在雖然擁有很多，可是，如果一直沒結婚，沒有孩子，將來也不能像妳的父母一樣，分享妳的喜悅，會不會覺得遺憾呢？」這個問題從來沒想過，我思考了片刻，很誠實的回答：「或許是有些遺憾吧。可是，誰的生命裡沒有一絲遺憾呢？我們不可能擁有全部的幸福。」懂得珍惜自己已經擁有的幸福，而又能釋懷於那些不屬於我們的幸福，便是獲得幸福的祕訣。

棉花糖的保存祕術

如果，我們可以找到一種方法，長久保存我們的幸福與美好感受，就像能夠長久保存棉花糖，讓它蓬鬆、甜蜜、有光澤。如果，我們可以。

小時候最喜歡和父母去動物園遊玩，那時座落在圓山的動物園很狹仄，每種動物都給囚在籠中，鬱悶的發著惡臭。我到那兒去最主要的原因是，那裡總有賣棉花糖的小販，推著腳踏車載著簡易的製糖機，往孩子聚集的地方來。我喜歡看他製作棉花糖的過程，先將粗粒蔗糖倒進去加熱，不久就可以嗅聞到馨甜溫暖的焦糖氣味，那被我解釋成一種幸福的氣味，每一次嗅到便覺面頰微瘐，有欲淚的意想。接著，神奇的事發生了，被烘熱的糖變成一片片薄紗似的從機器裡飛出來，小販取來一支細木條，將它們一層一層包裹起來，成了一大球雪白的、蓬蓬的、飄著香氣的棉花糖。

永遠不會忘記第一次啃食棉花糖的經驗，我的整張臉埋進去，用力咬了一大口，棉花糖迅速在嘴裡融化成些微糖霜，驚異中一咽口水，吞下去了，就這樣，沒有了。我感覺到惆悵，盯著期盼好久的棉花糖，原來是這樣的。好像還不如冰糖呢。那時同學教我把冰糖含在嘴裡吃，咯啦咯啦，一塊冰糖有時可以吃一個上午。也有同學請我吃方糖，含在嘴裡真是甜得頭皮都要飛走了。

第一次的惆悵並沒能使我失望，我仍是棉花糖的擁護者，有時突發奇想，不如就這麼擎著不吃，欣賞它的形狀與氣味也是好的。然而，我的如意算盤很快被打散，風吹與日曬一點點侵蝕了它，它萎縮變形了，蜷成一堆並流下黏黏的糖汁，終究是送進垃圾桶的命運。

長大以後有一次和朋友談起剛剛結束的戀情，曾經期盼了那樣久；曾經以為是天造地設的契合；曾經以為再不會有別的愛能愛得那樣深而細緻，卻仍是結束了，仍是過去了。朋友了解的笑起來說：「是啊，不就像是棉花糖一樣嗎？」

就像是棉花糖一樣。對於棉花糖的企盼和迷戀，大約是每個人童年時共有的經驗吧，那樣的憧憬，那樣的失落。

長大以後，我們仍在人世間尋找自己的棉花糖，一種對於理想生活的想像。我們的心曾是粗顆粒的蔗糖，未經雕琢烘焙的時候，既沒有氣味也沒有形狀。然後，因為某個人或某件事的觸動，我們被熱力煎熬，既喜悅又傷痛，但是很甘願。我們甘願改變形狀了，一種更輕盈的，接近於飛翔的形狀。為了能被接受，我們也甘願被拘管起來，成為一種固定的形狀，就像棉花糖。但，接近我們想接近的人或情感的時候，便會感覺到一切並不如想像，其實有太多艱難和辛苦。我們擎著一支變形的棉花糖，既不忍丟棄，也不想品嘗。

許多人在這樣的過程裡全盤否定了棉花糖和幸福，認為它們不過是夢幻虛構的東西，一點都不真實。而我質疑的是，真實的世界裡難道容不下甜蜜浪漫的夢想嗎？我知道棉花糖會令人失落，但，假若我獲得了製造棉花糖的方法呢？

我並沒有保存棉花糖的祕術，可是我知道如何在舊夢醒來以後，再追尋新的幸福與美好。

不怕改變

一位我以為早已結婚的朋友，近來和我聯絡上，發現她仍然未婚，我確實有點訝異。我們約了在秋日的山上見面，穿過忽然掩襲而至的白霧、撲搖風中的芒草，我看見她披一件斗篷，穿著民俗風的長裙和短靴，仍是最時興的裝扮與明亮的神采。這裡是年輕時我們最喜歡的地方，結伴來看過星星，說過許多比夢還要不切實際的話，相信長大以後世界會變成我們期望的樣子。如果說我看起來是溫馴的，那麼，她便是藏也藏不住的譏誚。或許因為如此，我們多年來都是斷不了的朋友。

她最受不了自怨自艾的人生態度，曾經，我在寫論文和創作的疲憊中，感覺無助沮喪，不過稍稍起個頭，她便截住我的話：「拜託哦，人家聽妳說話，還要付稿費給妳，這種絕不虧本的好事，有什麼好抱怨的啊？」我啞口無言，還請她吃了晚餐。我的朋友說她生平無大志，一是希望賺很多錢；一是希望嫁個有錢老公。她努力做生意，果然賺了不少錢；找到一個合夥人，兩人成了情人，還把生意做到兩岸三地。前幾年歲末聚餐時，她總許願：「希望明年就嫁，不過，那個人的脾氣得改一改。」我們這班朋友都知道，她的情人做生意有我無敵，真的是難得的人才，可是，脾氣也是有我無敵，出奇的暴躁，發起火來六親不認，連顧客也一樣趕出門，每次都是我的朋友涎著臉，苦苦求告，把客人勸回來。

鬧得最兇的一次，合夥人把自己和我的朋友一起鎖進樣品室，他發狂的砸毀所有玻璃與瓷器，使我的朋友澈底崩潰。既然如此，為什麼不分手？我們問她不只一次了。因為，當他不發狂、不撒野的時候，是個相當羅曼蒂克的情人。他帶她去歐洲旅行，住在六星級酒店；他為她親自烹煮早餐，捧到床前；他甚至為疲累的她仔細的卸妝抹乳液。她離不開這樣的一個情人，況且，他每次發飆之後，都說他會改變，請她給他時間。

「這一次，他說他不可能改變，因為他像他父親，他父親就是這樣的人。」我的朋友告訴我，她說著，看似平靜，只是把披風拉得更緊一些。而我，確實感覺到冬的寒意了。如果，那男人確認自己不可能改變，他當然就無改變的可能了。

在通識課上，我和學生討論的專題是「男性的圖騰」，我們從各種角度檢視生活中的男性，看見男性的恐懼與孤寂、脆弱和壓力。有個男學生提到自己的父親，中年失業之後，變成一個尖刻的、自暴自棄的人，他看不起自己，看不起身邊的家人，從來不給兼顧家庭與工作的妻子好臉色。孩子們都感受到母親的委屈，害怕與父親相處，他們在陰影下成長，很不快樂。

男生那天請大家討論對於家庭暴力的看法，並且說，他從未遭父親體罰，卻覺得父親對於自己和家人的毀棄，其實也是一種暴力，這暴力看不出傷痕，影響卻很深遠。男生覺得父親的瑣碎嘮叨，甚至借酒裝瘋的吼叫，都只是沒有安全感的緣故。父親不斷的嫌惡自己，事實上只是擔憂被家人嫌惡的自我防衛罷了。我聽著他說，覺得他已經漸漸從那個無助孩童成長了，成長為一個更健全的男性。我告訴他，真正可以幫助父親的，或許就只有他了，因為他能夠了解。

下課以後，男生隨我乘電梯，他告訴我，他現在最大的恐懼就是，將來免不了會像自己的父親。他看過許多提到男性或成長的書籍，作者都強調，男人很難掙脫像父親的宿命，但他不願像父親。「你不會的。」我對他說：「因為你已經把像父親的那些不好的部分趕走了。」男生露出笑容，點點頭離開了。我走了兩步，忽然想起沙特所說的：「過去所受的待遇，如今你加以改變，這就是自由。」

我轉身想找回男生，人聲鼎沸的大樓中，再看不見他的身影，黃昏的暮色飄進來，正像山上蒸騰的霧氣。

愛上自己的身體

「無論一個人有多麼衰老、滄桑、殘障或與他人不同，他（她）都有可能熱愛自己的身體，覺得自己很美好，這也是一件很自然的事。」海芮亞．勒納（Harriet Lerner）這樣說。然而，很多時候我們並不愛自己的身體，甚至忽略了身體的存在。直到劇烈的疼痛與不適，如狂浪一般襲捲我們的知覺，我們才忽然警覺，身體一直在這裡，不可更換。

我約了一個身心狀態都不太好的朋友，上山泡溫泉，她為了婚姻的問題煩惱著，又為自己的甲狀腺機能亢進而沮喪。從去年天冷之後，我就一直等她安排時間，但，她總是很忙的樣子，直到山櫻花點綴出粉嫩的顏色，我終於在一個非假日的午後，將她「綁架」上山。她依舊是齊整細膩的化著妝，緊緊綳住的肩膀，不斷抱怨著失眠啊，腰痠背痛啊。我給她一瓶礦泉水，推她進個人浴池：「泡到睡著為止啊。」她果然花了許多時間，汗水使彩妝脫落，而被溫泉蒸出來的潮紅面色，卻令她更美麗。她的身體明顯鬆弛了許多，臉上有著許久沒看見過的淺淺笑意。那天，我們談了許多，下山的時候，她已經樂觀多了，並且認為溫泉有奇效。我知道，其實是因為她的身體受到了撫慰，連她自己都忘記了的身體。

從去年冬日開始，到今年的春寒時分，已經有過好幾次，我與朋友與高采烈帶著沐浴用品，往溫泉鄉尋去，然後，在人山人海中敗興而返。這個冬季的冷鋒特別多，一個接著一個，並且落著小雨。在辦公室裡的人們，行過低溫街道的人們，不禁想起那種浸泡在溫泉中的舒適與鬆弛。成千上萬人同時想起，同時行動，於是，我曾在連續假期上山時，被堵住幾小時；距離溫泉浴場還有幾公里，便看見泊在路邊一輛接一輛車，成千輛車同時湧來；浴場裡人馬雜沓，擠得空氣稀薄，我們像逃難似的逃離現場，免不了沮喪的情緒。

春天裡，我拆開朋友們送的生日禮物，看見許多泡澡用品，精油浴鹽、日本原裝溫泉粉、溫泉花、溫泉炭……臺灣有很好的溫泉水質與浴場，但在過去臺灣人泡湯的風氣並不盛行，這些年一方面是旅遊帶動了泡湯熱潮，一方面當然是受日本消費文化的影響。既然到浴場去泡溫泉日益困難，人們於是採用自助方式在家中泡湯，琳瑯滿目的入浴劑，正標示出一種新的需求。包裝上印著「箱根」、

「登別」、「湯澤」的日本溫泉地名，添加著薰衣草、山櫻花、柚子皮的香氣，有著牛奶的質地與各種不同的色澤。

除此之外，還販賣著泡澡木桶、小板凳、沐浴球、和式浴衣。有人因此認定這分明就是日本風情的重現，我看見的卻是現代人對於自己身體的疼惜，對感官的重視。莫怪唐明皇這位調情聖手，在春寒中要賜貴妃華清池溫泉浴，這是相當精緻的文化薰陶下，才能擁有的理解，對於身體的崇敬與寵愛。他明白在溫泉中，一個女子的細膩感官將漸次甦醒，泡湯有時是很性感的。

泡湯也有身心治療的效果，當我們靜靜潛定在溫泉中，像是一種全然妥貼的擁抱；當我們輕輕晃動，更像是溫暖的按摩與撫慰。那些無情的爭鬥、造作的虛假，暫時可以停歇，只剩下皮膚在感覺，硫磺的或是添加的香氣，彌漫在空氣裡，薰人欲眠。我們於是回復到最初的形貌，如胚胎安居於母體。

薩克斯（Frederick Sachs）在《科學》一書中寫道：「**觸覺是我們最先開始，卻最後消逝的知覺。**」當一個新世紀開啟時，一直就應該被重視的知覺，終於在泡湯的需求中展開了。然而，對於身體的開發與探索，我們都還有一條漫長的道路呢。

一雙好鞋

在吃喜酒的場合中，母親的朋友提起自己四十歲還未婚，卻在事業上相當有成就的女兒的時候，歎了口氣說：「再能幹有什麼用？還不是要靠自己，她如果真有本事就該當少奶奶啦。」我很想對這位阿姨說，做一個職業婦女並不容易，正因為她的女兒真的有本事，才能做一個成功的職業婦女。

職業婦女的生活，不是少奶奶可以想像的，就像職業婦女也無法想像少奶奶的生活。我問過自己，對像我這樣的職業婦女來說，什麼是最重要的？我的回答是，一雙好鞋。是的，一雙好鞋使我如魚得水，如虎添翼。真正經歷過辛苦的我的女性朋友，多半能完全領略我對好鞋的執著。

有一陣子去大陸巡迴演講，為新書做宣傳，行前我特意將兩到三雙鞋子打理好。這些鞋一定是可以穿著走長路、站很長的時間，便是參加宴會也不覺得失禮的。帶兩、三雙鞋，為的是防止鞋子壞了或是淋濕了，出差在外的女人懂得意外隨時可能發生的道理，並且能夠將損失減到最低。

到了大陸，見到將一路陪伴我們的公關主任，約莫四十歲，看得出養尊處優，保養得宜。她原本在公家機關工作，早上七、八點出門上班，晚間九點準時上床就寢。我們的宣傳活動展開，第一天就上電臺錄現場節目錄到深夜十二點，當我興高采烈答覆聽眾 call-

話時，她早在一旁沙發上睡得七葷八素了。錄完節目，還是我喚醒她的。

第二天早晨，我化好妝等候電視臺來做採訪，看見公關主任雙眼浮腫，呵欠不斷，嘀咕著：「睡得晚還得起得早，怎麼受得了？」到第三天，她開始抱怨自己的鞋子太難穿，為了這次活動才買的新鞋，不知道怎麼會這麼不舒服？我很想告訴她，出差的大忌就是穿新鞋啊。

我們的活動一樁接一樁，從早到晚沒有停過，起三更爬半夜的。雖然，切切實實在應付的是我，並且永遠笑臉迎人，神采奕奕，卻時時聽見只是陪伴在旁的公關主任歎氣，說睡眠不足，站得太累，走得太遠，坐得太久。

直到有一天，她喜眉笑眼的宣布，買了一雙新鞋了，這下腳可不疼了。我低頭看著那雙新涼鞋的款式和質材，根據自己的穿鞋經驗，我有預感這只是假象。要不了兩天，我的預感應驗了，公關主任愁眉苦臉的宣稱，原來不是鞋的問題，是她自己的腳有問題，所以，穿什麼鞋都疼。「像妳啊，穿什麼鞋不是都行嗎？」她悻悻然的。

我不好意思告訴她，累積多年的經驗，使我花費許多精神，仔細挑選好穿的鞋。

因為我知道，一雙好鞋可以讓心情愉快，讓身體的負擔減輕，讓體態優雅自信，讓自己和別人都舒服。與情人約會時，不合腳的鞋子，微蹙的眉心，可能惹人疼惜。職場與情場很不相同，殘酷的競爭下，不合腳的鞋子只會暴露出女人的不專業，可能慘遭淘汰。

這是一句密語，只有真正經歷過艱困的職業女子才能明白，它標示出我們走過的道路——不是漂亮的鞋，不是時髦的鞋，而是一雙好鞋。

【2023時空筆記・16】

翻看十幾、二十幾年前的照片，看見自己出席各種活動穿的鞋子，還真是千奇百怪，爭奇鬥豔。有幾雙鞋子，甚至根本不適合行走，但是穿起來擺拍的時候卻炫奇奪目。這些早已從鞋櫃裡消失的鞋款，說明我也曾有過的仙杜瑞拉夢。我記得常常是穿著好穿的鞋，來到活動現場才換上絢麗的鞋，展現在公眾面前。年紀漸長，那些難穿的鞋令我愈來愈累，與它們漸行漸遠，終至全面捨棄，再無牽掛。

打開一個女人的鞋櫃，大概就能猜測她的年齡。

失去與擁有

去醫院做全身的健康檢查，為的是在邁入二十一世紀前給自己一個交代，我到底是善用或濫用了青春與健康呢？初步的檢驗發現，身體裡有一些異樣的東西，和醫生約好了，二十二日再去聆聽檢驗結果。若說心裡沒有一點忐忑不安，是自欺欺人，但我仍努力工作，奔波演講，保持樂觀開朗的心情。

然而，一九九九年九月二十一日凌晨，臺北發生了近於毀滅的大地震，中部地區則是毀滅的地震了。然後，二十二日這一天，我從醫院走出來，知道自己的身體並沒有迫切的危險，坐在咖啡館裡啜飲一杯苦澀的咖啡，翻讀剛剛送到的晚報。看見埔里市鎮宛如廢墟的景象，想到自己已經撥過無數次，卻怎麼也接不通的友人電話，我的神情比聽醫師報告還要悽愴。身邊的朋友要為我測字，我想了半天，慎重寫下一個「吉」字，「我要測一測，兩位朋友是否平安？」朋友看著那個字，陷入長長久久的思索，艱難的抬起頭說：「對不起，我測不出來。」我再也忍不住，掩住臉痛哭起來。

永遠忘不了深夜裡，疲憊的沉入夢鄉，忽然，感覺到搖晃，像是飛行中遇到的不穩定氣流，我在醒與夢之間游移，到底是不是真的？瞬間，更爆烈的震動將惺忪睡意全部驅逐，我變得非常清醒，尖銳的感官計算著這樣的震波很不尋常，耳朵等待著家人的呼叫聲。母親的喊聲在一片轟隆隆聲響中，彷彿很遙遠。她和父親喚我過去，我翻身下床，才發現自己完全不能控制腳步，我看見門在那裡，卻怎麼也走不過去。我的腦海裡異常清晰的印出幾個字：「世界末日」。我好不容易攀住父母的手，三個人緊緊抱摟住彼此，撐在臥房門口站立。

四周圍各種奇異的聲音響起來，先是客廳裡裝潢的巨大玻璃屏風一片片倒塌碎裂，然後，整個支架以驚天動地之勢積倒下來，那接踵而至的玻璃碎裂聲，使我有一陣子的聾聵。高居十六樓的家，再不是我所熟悉的環境了，門框扭曲著，牆壁呈現波浪痕跡，僅僅只是站立這樣的事，變得異常艱難。我聽見一種類似水流滾動的聲音，鼓嚨鼓嚨，有韻律的，愈來愈大聲，好像一頭莽獸的肚腸，與我們非常靠近。

這震動很長，長到彷彿永遠也不會停止，彷彿這就是最末的毀滅。我一直想抬頭看看父母親，卻辦不到。當大地終於靜止下來，我觸碰電燈開關，停電了。這一次的停電，再不會有人抱怨，只要我們還活著，已是大幸。

我的一些朋友，原本與家人並不是很親密，地震發生時家人分散兩地，在電訊被隔絕的十幾個小時裡，連手機都無法連絡，經歷了隨時要崩潰的恐懼，等到終於取得聯繫，便想盡一切辦法要緊緊守在一起。就算再有可怕的災難來臨，全家人能在一起就好了。假若沒有這種失去的感覺，又如何能夠了解到擁有的幸福呢？

地震過後，許多許久沒通音訊的朋友互相致電問候。也有接到已經分手的情人電話的，再沒有怨尤，也不是想復合，只是要確定是否安好。經歷過最難測的無常，與死亡如此貼近，才明瞭許多曾經有過的爭執與怨懟太不重要，連下一刻是否可以活著都不能自主的人世啊。當餘震慢慢減少，朋友小聲的問：「地震過後，妳第一個打出的電話給誰？」我看著她，沒有回答，只是微笑。我問了她同樣的問題，她也笑而不語。那肯定是一個很重要的人了，雖然不在身邊，但，知道有這個人存在，不也是一種幸福？

出門洽公時乘坐電梯，每一次都心驚膽跳；停電接著停水，入夜以後的暗黑伴著缺水的痛苦；樓房龜裂傾斜，卻仍是我們的家。我們失去了安全感，失去基本需求，失去過中秋的興奮期待，但，我們仍擁有生命，便覺得萬事美好。

人與人之間的關係

因為不願一再被立法委員羞辱，一位很受師生愛戴的大學校長，在九二一大地震之後，辭去了校長職位，繼續他的教授生涯。這件事令人惋惜卻也令人讚歎。我看見他在電視上談到大學的理念的時候說，他並不太贊成網路大學，因為他以為大學應該是一種人與人之間的關係，必須要接觸，要交流，要有情感。在愈來愈繁忙的社會中，我們愈來愈渴望著能有真實的交流，這樣的情感卻愈來愈稀罕而不可得了。

前幾天參加了一項文學獎的評審會議，我們這幾位評審委員將自己已經預選出來的作品，帶到現場去做最後的討論。那天的評審會議是從下午兩點鐘到四點整，我稍微提前抵達會場，五位評審中已經到了四位。其中兩位評審是許多文學大獎的評審委員，大師級的人物，他們急切的催促著，快點快點，趕快開始吧，下面還要去趕另一場評審會，三點就要開始了呢。遲到的那一位卻始終沒有出現，打電話去催促，得到的消息是到了到了，就在樓下，可是，這位評審遲到了四十分鐘。在這樣一年一度的文學獎會場，有趕著立即要離開的評審，有遲遲沒出現的委員，每一篇文章都只剩下投票計票而已，沒有討論，沒有爭議，也沒有讚賞或質疑。

我可以想像在創作中的人，他們是何等意氣飛揚、熱情澎湃，而此刻，在這裡，他們的作品只是一串號碼；他們的評價只是幾張票數；他們變得如此溫馴，溫馴到面目模糊不清。最後的評審結果出現了，名次一確定，評審委員們一哄而散，快速撤退，沒有人想知道那些號碼之後的，到底是誰？叫什麼名字？是怎麼樣的創作者？我站在會場外的街頭，忽然感覺到深深的沮喪與惆悵。在這裡，因為匆忙的緣故，沒有人與人之間的關係啊。

於是，我又想起幾年前，參加國語流行音樂的評審會議，有位音樂系教授對我們說：「我從來不聽這些東西，我只聽古典音樂。」我愕然的看著他，如果真是如此，何必來評審流行音樂？又有什麼資格評鑑流行音樂呢？有時候，因為姿態太高的緣故，失去了人與人之間的關係啊，雖然，那其實是非常重要的一種關係。

小王子破敗的披風

每一次接受訪問，總要推薦幾本自己的私房書，每一次我都會提起法國作家聖修伯里的《小王子》，再加上曹雪芹的《紅樓夢》，這裡面有一些歷久彌新的東西，真誠動人。

當我的朋友在現實生活的粗糙磨蝕下，漸漸覺得失去了溫柔的心靈，我便寄一本《小王子》送給她，並且勾出小王子的摯友狐狸告訴他的一句名言：「**真正重要的事常常是肉眼所不能察覺的，你必須用心靈去感覺。**」自從一九四三年這部作品發表以來，已被翻譯為數十種文字，聖修伯里的相片與小王子圖像也曾被印製為五十元法郎，收藏家爭相珍藏著。以小王子圖像為商標的手錶、文具、衣物、日用品、行李箱……全球熱賣。聖修伯里創造出的這個永恆的小孩，脆弱美麗而真純的形象，正好映照出我們心靈深處那個孤單幼小的自己，再加上聖修伯里的飛行經驗，離奇的神祕失蹤，都令人產生美好的聯想與感受。

我的朋友後來去法國旅行，便寄了一張五十元的小王子鈔票給我，並且問我是否可以看見那隻浮水印小羊？去了法國之後，她更執迷於聖修伯里和小王子了。直到聖修伯里的百歲冥誕，直到他的遺孀康索蘿所寫的回憶錄在法國上市，揭露了許多令人震撼的，聖修伯里的真實生活，就像七彩泡沫被戳破一般，偶像注定要被推翻。我聽見許多《小王子》迷心碎的聲音，包括我的那個朋友。

熟悉聖修伯里的人都知道他有一位美麗而嬌小的妻子，也知道他曾像一隻大熊似的走到嬌弱如白兔的康索蘿身邊，真摯的對她說：「請妳豢養我。」他曾載著她飛上天空並向她求愛，還似真似假的威脅若不答允就要墜毀。也有許多傳言說他後來與妻子漸行漸遠，因為不被瞭解如飄流在一個孤獨的星球，才創作了《小王子》。他的美麗卻不再愛他的妻子，就像書中那朵驕縱虛榮的紅玫瑰，曾帶給他溫柔，也割裂他的心臟。

然而，在康索蘿的回憶裡，聖修伯里卻是個四處拈花惹草的好色之徒，甚至將偷歡的女人帶回家裡來，她宣稱自己長期忍受著丈夫的不忠和羞辱，認為他們倆的婚姻「結合了鬧劇和悲劇」。我的朋友有些怨毒的寫信回來抱怨：「終於明白聖修伯里為什麼會塑造出狐狸這個角色，狐狸可能就是那些勾引男人的壞女人吧。」我明白我的朋友仍無法忘懷多年前被情人背叛的創痛，她認為在一切的情變狀態中，不忠與背叛是最難饒恕的一種。

我的熱愛《小王子》的朋友無法接受這種形象的聖修伯里，並且覺得疑惑，如果他是這樣的人，怎會創造出那樣的小王子呢？

我卻以為這就是文學藝術最精彩的地方，作者泥濘般的生活，或許反而激發出閃電般的光度與力量，在沉淪之中思索著清明的救贖。就像那常常與胡姬（外國娼妓）廝混在一起的李白，連天子的賬也不買，如此放浪形骸，卻寫出了「**古來聖賢皆寂寞，唯有飲者留其名**。」的生命詩篇。就像潦倒落魄的曹雪芹，賣畫得來的銀兩，全進了酒家錢櫃，連妻兒的溫飽也顧不上，如此無能昏昧，卻以心血瀝成撼動人心的長篇鉅著《紅樓夢》。

當我們被這些文字所感動，當我們從這些情感中獲得救贖，我們並不在意創作者是不是一個好丈夫或者好父親，也不在意他是否是個情感上的背叛者。他們是藝術家，並不是道德重整會的會長。如果創作是生活中的補償與寫作者自身的救贖，那麼，在現實中愈沉淪的人，可能愈有清越激揚的創作衝動了。

無論康索蘿關於丈夫的回憶有多少真實性，都無損於小王子獨立的性格與生命。即使穿著滿身補丁、破敗不堪的披風，仍掩不住一個王子真正的風華。

睥睨苦痛，莊嚴絕美

幾年前朋友翻一本畫冊給我看，看見女畫家芙烈達・卡蘿（Frida Kahlo）的自畫像的時候，我有一種不敢長久注視的奇異感覺。她是美麗的，細緻深刻的五官，濃重的髮絲盤結成繁複的樣式，髮上插著鮮豔的花朵或是彩色的頭飾。最奪目的則是那一對濃密的連結在一起的黑眉，鳥翼般的展開在略微削尖的臉上，還有豐滿唇上的髭鬚，那樣明顯，我覺得這根本是一尊雌雄同體的神祇。

而她的頸上掛著樹枝攀成的項鍊，綁住一隻灰黑色的小鳥，靜躺在她雪白的衣衫上，仔細端視，便會發現樹枝上的棘刺正刺穿她的肌膚，鮮血細細沁出來。她專注的、少女似的眼眸黑亮，有一種睥睨的姿態。這位女畫家終其一生都以自己為描繪對象，反覆探索挖掘，直到看畫的人都忍不住喊痛。

她的一生，絕大多數的時刻都是痛的，六歲時罹患小兒痲痺，並沒能剝奪她的叛逆與極度旺盛的精力，十九歲與全家人的合影中，妝扮成男人的模樣，也有著男人的桀驁神情，她似乎以自身宣告一種長驅直入的性別逾越：我是女人；我是男人，我就是我。沒有人能從這張照片裡看見卡蘿在幾個月前遭到的慘變劇創，她所搭乘的巴士，被電車推撞壓毀，一根鐵棒穿透纖細的身體釘住她，在鮮血與垂死之間，她的脊椎、鎖骨、肋骨、腿腳、肩與骨盆都碎裂折斷了，她卻奇蹟的活了下來，終生動過三十幾次外科手術，在痛苦煎熬中活著，直到生命終結。

卡蘿最溫馴的情感就是對丈夫迪亞哥・里維拉（Diego Rivera）的專情，他是世界知名的畫家，也是她少女時代就想廝守一生的人，這男人樣貌醜陋，給了卡蘿繪畫的環境與忠誠的支持，卻也不斷在情感上凌遲她。卡蘿在繪畫中畫出她的悲傷和眼淚；畫出她殘破的肢體與強悍的美麗，她從自己的誕生畫起，畫出家族的歷史，畫出文明世界與樸拙自然之間的自己，她不需要畫別人，她從自己的內在看見力量的源頭，再也沒有什麼比自己更精采動人。

讀卡蘿的傳記發現她有不少情人，都是藝壇或政治界的名人，這些男男女女都為她的熱情所傾倒。相片中的她即使在病中都妝扮得光彩奪目，睥睨著那一切令她痛苦的。鮮豔的色彩與可愛動物；美麗的衣飾與豐盛愛欲，將她原本黯敗的生命點燃，異采輝煌。

沿途停靠：快樂的練習

自己就是自己的見證

第七十一屆奧斯卡金像獎頒獎之後，最風光的是在《莎翁情史》中飾演伊莉莎白女王的老牌女演員茱蒂．丹契，雖然演出僅只十分鐘，卻將英國皇室傳統的尊嚴與威儀，詮釋得如此貼切。她獲得最佳女配角獎，旋即重返睽違數十年的百老匯舞臺，掀起一陣爭相購票的熱潮。當港臺影視圈不斷發掘年少貌美的女星，又不斷以酬勞遊說這些美腿豐胸的少女拍攝寫真集的時候，最注重影像效果、最浮華虛榮、最令人目眩神迷的好萊塢，仍對年華老去的女藝人保留相當的敬意與讚譽。又像是在《戰慄遊戲》中大放異采，在《油炸綠番茄》中演出動人的胖女星凱西・貝茲，也因她的才華備受矚目。

在臺灣，胖或老卻是一件彷彿罪惡的事，應該予以撲滅。曾經，所有與女性相關的廣告，像沐浴乳、洗髮精、化妝品、衛生用品，都以纖穠合度、貌美青春的女性為代言人。即使像嬰兒奶粉、家電用品、汽車廣告，也都會看見光彩照人的女星，完美的身材、美麗的容顏，社會審美的準則就此成形，根深蒂固。

一貫以美豔女星為話題拍攝廣告的塑身中心，近來竟然反其道而行，以胖女孩和老女人拍攝新的廣告片，一群快樂的胖女孩，在鏡頭前笑著，她們只是比較豐滿，與真正的肥胖還有一段距離，不知為什麼，她們純真甜美的笑容令人印象特別深刻。她們此刻的目標是要快快的瘦下來，以便更加快樂，但，瘦下來了就一定快樂嗎？要瘦到什麼程度才會真正快樂呢？瘦的人都很快樂嗎？她們有沒有發現自己正擁有千金不換的青春？即使體形不能完全合心意，卻還有許多人渴慕的珍貴的青春。

我也看見一群六十歲左右的婦人，在廣告片中訴說她們來到塑身中心以後，生命煥然一新的感覺，她們每個人都穿上華麗的禮服，臉上的彩妝鮮豔，標榜著自己此刻的快樂和年輕。我一向欣賞年長婦女妝扮自己，在美國旅行的時候，看見那些婦人充滿創意的，個性化的妝扮，常常使我移不開眼光，覺得年老真的是一件挺不錯的事，添加了許多經驗與智慧，卻還能興味盎然的過生活。但，看著廣告裡的婦人，穿著可能根本不屬於她們的衣服，化著可能令她們自己也不習慣的彩妝，卻有一種奇怪的不真實，好像是在觀賞著標本。我不禁想起在公園裡跳土風舞的婦人，還原成小孩子的模樣；我也想起在河堤上做社區服務的媽媽們，彎腰撿垃圾的晨光裡汗濕的臉孔。她們很喜歡自己，喜歡自己正在做的事，她們渾身散放著熱情，那樣的時刻讓我動容。

瘦還要更瘦，老了卻不能面對，這會不會是一種新的女性焦慮症候群？

神通廣大的塑身中心找到一位已退休多年的模特兒，當年因為極瘦的身形而在伸展臺與電影界活躍。此刻她的體形大變，判若兩人，在廣告中她要求我們和她一起倒數計時，看她努力恢復二十幾年前的樣子，為她做一個見證。其實與當年瓷娃娃般的模樣相比，我倒覺得發福以後的她，更有經歷生活的厚實感覺，也有中年以後的堅強自信。

我們每個人生命中經歷過的事，各有各的不容易，每一次的經歷，都會在心理和外形上留下痕跡，就像河岸上的石頭，經過水浪的衝擊和淘洗，怎麼也不可能保持原來的形狀，而石上那些宛轉的、繁複的水紋，難道不是動人心魄的美麗嗎？

這位模特兒以半年為期限，要求自己在全國觀眾眼前瘦下來，恢復以前的樣子。她能成功嗎？以她的決心應該是可能的，但，她果然可以恢復以前的樣子嗎？就算瘦下來了，甚至比以前更瘦，她也不能是二十幾歲的自己了。她不能再有那樣平滑富彈性的肌膚，那樣充沛的活力，那樣面對未來的蠢蠢欲動，一切才剛開展的單純夢想。不相干又好像很有關的我們，就算能夠見證她的減肥毅力，也無法見證歲月中她的種種離合悲歡，縱使那才是最有意義的部分。

當然，生命的神祕也就在於：自己才是自己的知己；自己就是自己的見證。

【*2023*時空筆記・*17*】

來到中年以後才明白，我們大半生都活在別人的目光中，他人的評價裡。我們很少能夠理直氣壯的說：「因為我想，所以我做了。」大部分的時候，心裡都有個疑問：「我真的可以這樣做嗎？別人會怎麼想呢？該怎麼跟某某交代呢？」彷彿我們的人生是借來的，不由自己做主。我們把真實的自己隱藏起來，說出言不由衷的話；做出有違本心的事，回首往昔，只覺得白白虛擲了歲月。

當我們能為自己發言，為自己挺身而出，才不枉此生。

正當最好年齡

我的母親是個牡羊座女性，她的身上有著迅捷、勇敢、決斷這一類的特質。許多年前，她結束工作狀態後，便在思索，什麼是她想做而沒做過的事。她選擇了去學編織。和她一樣賦閒在家的朋友對她說：「這種事是老太太做的，妳還年輕，應該做點別的事。」母親想了想，還是去報名了。每星期搭乘公車，到相當遠的地方，上一次課，然後，就是不停的編織，在畫得密密麻麻的圖樣上做記號。我們這些孩子，包括所有的親朋好友，各有一至兩件顏色與款式皆不相同的毛衣。學生時代，因為我的特殊手工毛衣，使我受到不少注意與讚美，感覺小小的虛榮。當母親把織好的毛衣送給朋友作為生日禮物的時候，她朋友才知道母親是很認真的，而且頗有收穫。

幾年前，母親忽然要去學畫，這對我們來說，都是個驚奇。我一直覺得自己毫無美術繪畫天分，是遺傳自我的母親。童年時我們要畫個貓兒、狗兒或其他的圖畫，母親總是說：「去找你爸。」現在，五、六十歲的母親說，她要學國畫。那位熱心評論的朋友，這時又給了母親忠告：「學國畫是不是太吃力了點？那是年輕人的玩意兒吧。」母親想了想，說服了年齡比她還大九歲的父親，一起去報名了。

常常，吃過晚餐，他們倆一人提一個畫筒，相偕出門了。有一次，一位學生來家裡找我，她並沒見過我的父母親，可是她說：「我看見張媽媽了，她是不是銀灰色頭髮，提著一個藍色畫筒？」我很詫異，問她為什麼看得出那是我母親？學生說：「她看起來很有自信、很快樂，而且很像一個藝術家。」從那時候起，我再不敢把自己缺乏美術細胞這件事，歸咎於我的母親。

後來，每當我聽見朋友說，如果可以年輕一點，我一定會如何如何的時候，總不能同意。年齡不應該成為我們的藉口。我在母親身上看見，一切都不會太遲，永遠也不會太老。

和一個年輕女孩聊天，她很懇切的說：「以前我會想，怎麼讓自己過得好一些，現在，年紀大了，我只想找個好男人，安定下來。」在薄薄的黃昏光線裡，我看著坐在對面的二十七歲女孩，想著，應該怎樣告訴她，她還是很年輕的。年輕得足以一面讓自己過得好，一面找個好男人。其實，讓自己過得好與找個好男人，並沒有任何衝突，更沒有年齡的限制。

任何年紀的男人與女人，都應該讓自己過得好。而我明顯感覺到女孩的焦慮，這焦慮來自於她所處的婚姻的激烈競爭場所中。從有婚姻制度以來，從男性主導婚姻與家庭以來，女人的青春與美貌便是優勢，衰老與平庸是劣勢；激烈競爭下，我們看見優勝劣敗的不變定律，不能擺脫這種生存競爭模式的女人，患上一種恐懼症，怕老、怕胖、怕醜，總的來說是怕敗下陣來。

張愛玲筆下的傾城美女白流蘇便是怕老的，她二十八歲，離了一次婚，正仔細計較著用剩餘的青春美麗，再捕獲一個男人。「流蘇交叉著胳膊，抱住她自己的頸項。七、八年一霎眼就過去了。你年輕嗎？不要緊，過兩年就老了，這裡，青春是不稀罕的。」張愛玲體貼著像流蘇這樣的成千上萬的女人，在婚姻戰場上衝鋒陷陣時，心底恆存的陰影驚懼。所幸，我們的時代再不是白流蘇的時代了，我們還要被白流蘇的憂慮困擾嗎？

近來讀到《沈從文家書》，他曾瘋狂而艱苦的追求靈魂伴侶，這愛人後來成為他的妻子。「我行過許多地方的橋，看過許多次數的雲，喝過許多種類的酒，卻只愛過一個正當最好年齡的人。」他是這麼說的。這一句「正當最好年齡」撼動了我，假若他說的是「正當青春的姑娘」，就不是沈從文了。他覺得最好的年齡，就是相遇的年齡，就是相愛的時刻，歲月與他們無礙無涉。

我認為最好的年齡就是此刻，就在當下。有人想把歲月當成欄柵，一躍而過，我卻只想無視於年齡的存在，做一個真正自由的人。

——【2023時空筆記・18】

比我年輕的幾個朋友，陸續來到半百之年，免不了有點欷歔。「其實，以我的經驗，五十歲是個很好的年紀啊。」我說。朋友笑起來：「十年前妳說，四十歲是很好的年紀。」我也忍不住笑起來，都是真的，不是安慰她們的話。我在五十歲時回顧四十歲，覺得精力充沛真不錯；六十歲時回顧五十歲，覺得知天命能讓心靈更淡定，都那麼好。

如今跨過六十歲的我，覺得世界以更多的可能性開展在我面前，我仍能做自己想做的事，說自己想說的話，成為一個喜歡自己的人，真是太好了。

健康，但是寂寞

一位退伍老兵作家，曾經是叱吒文壇的人物，也曾是暢銷書的作者。因為身體不好，生活失意，銷聲匿跡了一陣子，忽然成為報章雜誌上的熱門人物，如果不是因為選舉新聞炒得太炙烈，他的新聞肯定還要再喧騰一陣子的。這位花甲老人之所以忽然熱門起來，是因為有人發現他竟然在街頭兜售公益彩券。賣彩券的工作原來是開放給殘障人士或貧困低收入的人的，一個搖筆桿的知識份子，在大家的觀念裡，是不應該站在街頭兜售彩券的。

「難道臺灣的文學市場已經凋敝如斯嗎？連一位終身創作的作家都落拓至此？」滾雪球似的，一股悲情氣氛迅速膨脹，從事純文學創作的作家，紛紛質疑；書市與暢銷排行榜也被提出來做總體檢。

然而，老作家接受訪問時，談到自己的生活，他每個月可以領取退休金，經濟並沒有困難，賣彩券的目的是要「體驗人生」。每一天他從新店坐計程車到永和兜售彩券，賣得的錢常常連計程車費都不夠，但他樂此不疲，覺得總比待在家裡沒事做要好。當許多關心老作家與臺灣文學發展的人，仍在欷歔慨歎的時候，我看見的卻是始終存在的老人問題。

約莫十幾二十年前，老人就養問題開始被廣泛探討。老人退休之後應該由誰來撫養？是否可以過安樂晚年？這些年來經過政府與民間的努力，老人安養可以說是獲得了初步成就。九〇年代中，政黨輪替的結果替老人爭取了更多福利，在臺北市年滿六十五歲的銀髮族，可以免費搭乘公車，每年有一次免費的全身健康檢查。二〇〇〇年總統大選期間，每位候選人提出的政見，都有優厚的老人年金，這個提出每月三千元，另一個便漲為每月五千，老人們一面快慰的微笑，一面擔憂的問：「錢從哪裡來？」

至於我和我的朋友，我們這些辛勤工作，奉公守法納稅的青年與中年人，忽然都希望自己速速老去。為什麼要這樣拚命呢？去年那個過勞死的；前年那個腦中風半身不遂的，都是年輕人啊，日以繼夜工作著，連花錢享受的時間都沒有，連老去的機會也沒有。我們因此互相勉勵著，放輕鬆，不必這麼苛待自己，保住一條命，未來等待著的是那樣幸福的老年啊。

然而，在健康與不虞匱乏的生活之中，老年人的精神生活又是如何呢？許多老人雖然具有免費乘車的資格，卻寧願自己買票搭公車，因為不願意看司機的蔑視臉色。那一年我的父親在公車上，因為緊急煞車摔斷脊背，司機喝斥他自己爬下車去，並對他恣意叫罵。穿上鐵背心復健之中的父親，遇見許多相識或不相識的同病相憐的老人，我才知道，許多老人的脊背，都因為司機嫌他們行動遲緩，猛力踩煞車時摔斷了。老人失去了尊嚴。

在這個城市裡，消費需求幾乎都是針對年輕人設定的。我們看見許多消費或資訊乃至生活性雜誌，內容無不針對年輕人或青壯年設計，人們其實忽略了老人也是極具實力的消費者。報紙上的娛樂新聞只見到少年或年輕藝人的動態，與老年人有什麼相關？廣播電視近來注意到兒童與青少年族群，老人的節目卻仍付之闕如。

過去我曾在中華商場看見老人茶室或棋室，老人群聚著笑鬧喧譁，歡騰著生命力。如今，我在早起的山道上，看見晨運的老人；在榮總的醫院門診，看見病弱的老人；在每一次的政治活動中，看見搖旗吶喊的老人……這是一個逐漸老年化的社會，我們的老人到底在哪裡呢？社會幾乎沒有為老人設想，彷彿他們是沒有需求的。老人失去了空間。

這大概就是老年人畏懼退休，特別戀棧權位的原因吧。一旦退休就只是一個老人了，既無尊嚴又無空間。當我老了以後，假若必須寂寞的活著，而又健康的長壽著，到底有何幸福可言？

老而喜悅老而美

我和朋友翻看雜誌的時候，看見一位港臺著名的超級美女明星，為化妝品拍攝的廣告相片。曾經，我的朋友非常欣賞這位女星，此刻，她仔細端詳著相片裡的美目盼兮、巧笑倩兮，歎了口氣說：「唉，她也老了。」

有一回我和幾個朋友去餐廳喝下午茶，大家都穿著當季流行的款式和色彩，愉快的大吐家庭、婚姻和工作的苦水。隔壁桌上一群六十幾歲的婦人，不知道說了什麼笑話，一桌子的人都哄然大笑起來，我們被打斷了，不約而同轉過頭去看，然後便都安靜下來，坐在我身邊的朋友端起咖啡喝了一口，蹙起眉頭說：「天哪，我們以後都會這麼老。」我不知道她蹙眉是因為咖啡澀苦，還是對於年老的恐懼？

為了害怕疾病的侵襲，我們鍛鍊身體以求保有健康；為了擔憂肥胖而變形，我們控制飲食及生活習慣，然而，我們有什麼方法抵擋歲月留下的痕跡呢？我們有什麼方法可以逃避年老的來臨呢？我們看見偶像老去的時候，感到惆悵歎息，我們想到自己有一天將會老去，覺得悲哀無望，果然是不許人間見白頭啊。這一切都是因為我們對老年的憎惡，於是，當年老果然到來，自然一丁點喜悅與美好的情緒也沒有，只像一種驅之不去的惡咒。

可是，年老真的那麼可怕嗎？我在香港的時候遇見過一位老紳士，他把生活安排得很充實，去游泳、看賽馬，閒暇時候還看看張愛玲，或者計畫每年兩次的旅行。他的手有時抖得厲害，自己也不尷尬，反而對我們這些孩子們撒撒嬌：「呵，把茶杯遞給我啊。」他對世界的看法樂觀豁達，更懂得欣賞美麗與真實的事物。「如果不是活得這麼久，怎麼能夠遇見這麼多有趣的人呢？」他對年老的看法是，活得愈老收穫愈多，在他身上，我看見的是歲月堆積起來的睿智與幽默，而不是摧折與毀壞。雖然，將近八十的他確實是老的，老得滿頭白髮，老得滿臉皺紋，卻也老得再無憂懼，老得自在從容。

自從西方社會開始發掘XL加大體型的模特兒，獲得極好的回響之後，敏銳的廣告業者又開始尋覓五、六十歲的資深美女，作為抗老保養品的代言人。或許這類保養品，一定要以皮膚緊繃如熨斗剛剛燙過的年輕美女為代言人，才能顯示出產品的優越性。如今，資深美女的出現，一舉顛覆了凡是美女便絕不能見到一絲皺紋的法則。

她們穿著輕鬆舒適的衣裳，站在河谷或是林野中，仰起頭讓陽光灑在臉上，毫不遮蔽的笑開來，展現出臉上深深淺淺的歲月刻痕。這樣的笑靨何等溫暖。就像廣告公司說的，因為這些高齡模特兒才能表現出自然、快樂與成熟的模樣。

看著她們毫不矯揉造作的笑容，我相信這應該就是老去以後的喜悅感覺。我們必然能比年輕的時候更有自信，因為，不可取代的閱歷和記憶，使我們握有一把解開生命謎底的鑰匙。

【二〇二三．新增作品】

每天的快樂練習

三年疫情之後，當我準備出發前往清邁旅行，藉著讀報而能知曉天下事的父親便叮嚀我：「泰國的大麻已經合法了，千萬不要輕易嘗試啊。」到了目的地才發現，大麻葉片的標誌，真的是鋪天蓋地，無所不在啊。去餐廳吃飯時，供應大麻甜點；到服飾店購物時，裝在小玻璃瓶的大麻，就放在結帳處，就連便利商店也販賣隨手可得的大麻飲用水。然而，就像微風吹過髮絲，一點也不能撩動我心。

並不是因為年紀大了，而是因為我已經夠快樂了。

有人說吸食大麻能令人感到興奮，而我覺得喜悅開心比興奮更舒適；有人說吸食大麻能令人胃口大開，而我的食欲一向豐沛飽滿，所以，大麻於我何有哉？我想像自己腦內的血清素、腦內啡、催產素和多巴胺，每天必然像湧泉那樣，源源不絕的平穩產出。

但，我並不是天生樂觀，曾經，很長的一段時間，我是個內向悲觀而又敏感的女孩，我的臉上很少出現笑容，遇到挑戰總是告訴自己：「我會失敗，我肯定是做不到的。」果真失敗，便有了更深的沮喪。因為個性的關係，我的戀愛總是曖昧不明、患得患失。

博士班畢業那年，經由大學同事介紹，認識了一位留美博士，起初是靠信件與電話連絡情感，當博士回到臺灣任教，我們才能像男女朋友那樣約會。然而，不到一個月，我便發現，不管是性格或是價值觀，我們的差異相當大，其實並不適合。而對方提出了結婚的要求，並列出婚姻戒律，其中最令我震驚的，莫過於婚後必須將教職收入與一切版稅交由丈夫處置，而丈夫每個月會發三千元零用金給我，不管我需要任何東西，都得向丈夫申請，他批准之後才可以購買。

當年的我，雖說達不到財富自由，卻也嘗到了經濟獨立的滋味，女人一旦學會從自己的袋裡掏錢花用，就很難再向男人手中乞討了。

溝通無效之後，我提出分手，災難就此展開。對方認為既然已經交往，就沒有分手的可能，必須要結婚。他半夜三更打電話到我家，恣意謾罵我與父母；投遞詆毀黑函給左右鄰居，目的就是讓我沒臉做人，出不了門；他還跑去我任教的大學，散發我寫給他的書信，為的是讓我無地自容，斷絕生路。他宣稱必須「好好教訓」我，直到我「道歉賠罪」，乖乖嫁給他。他說過好幾次，很多人都認識我，卻沒人認識他，怕丟臉的是我，他是穩穩的贏家。

當時的我是個完美主義者，處於情感的潔癖期，接二連三的傷害與不堪，使我崩潰了。為了保護我，父母只好提起訴訟，討回公道，讓一切畫下句點。就算是走法律途逕，也是一段漫長的等待。我經歷著吃不下、睡不著、動不動就掉眼淚，卻又宛如驚弓之鳥的日子。

直到某一天，年少時就認識的好友終於看不下去了，她帶著怒氣對我說：「妳還要這樣過多久？妳本來就不是快樂的人，現在更是生不如死。那個人有什麼重要？那件事有什麼了不起？妳要悲傷多久？」

我被她問得啞然無語，人生是我自己的，別人或許能傷害我，但不致於毀滅我，除非我給他毀滅我的權力。我對好友說出了誓言：「我忍受了這麼多痛苦，已經夠了，從此以後，我要當一個快樂的人。誰都不能剝奪我的快樂。」

就是從那個時刻開始，我的人生調性開始轉變了。所以，我真的不是天生快樂，而是選擇快樂。這選擇是來自痛苦的啟示，而不是幸福的土壤。

因為新書的出版，被疫情延宕好久的簽書見面會再次啟動了。對於我這樣身經百戰的花甲作家來說，也是無法從容自若的，其實暗暗緊張了一陣子，在全臺巡迴的活動中，有讀者才見到我進場，還沒走到臺上，就激動得哭了起來。自從我的創作觸及「中年覺醒」，直探這一代中年人的處境，再加上照顧者的困境，常在與讀者面對面交流的時刻，接收到被知解的欣慰與感動。

不只一個讀者對我說：「妳已經當照顧者八年了，我都有看妳的臉書，也讀妳的書，心裡很不安，不知道妳會被生活折磨成什麼樣子？會不會變成另一個人了？但是，今天看到妳，我覺得好安慰，妳沒有變，好像成了更好的人。」聽到這樣的說法，我從心裡暖起來，彷彿也想落淚了。

其實我也常常思考，當初老父母在一年半以內陸續罹患思覺失調與認知症，原本平淡的家庭生活，頓時天崩地裂，月沉星落，確實曾經有好幾個困厄的時刻，我覺得自己無以為繼，甚至想過放棄，放棄一切、放棄自己。後來的我，是怎麼走過來的呢？

最近臉書上有一則分享觸動了我，談的是「快樂練習」。一個小男孩搞丟了十塊錢，當然覺得不開心，媽媽讓他做快樂練習，他說：「還好掉的是十塊錢，不是一百塊錢。」這種想法果然是樂觀的，而爸爸在一旁說：「撿到錢的人應該很開心。」只要有人開心，就是很棒的事。原來，所謂的「快樂練習」，就是往好處想。

原來，往好處想的「快樂練習」我已經做了許多年了。我甚至在某個暗黑時刻告訴自己，應該心存感謝，這樣的家庭變故是我五十四歲發生的，我已經足夠強韌去對抗這一切，如果發生在十四歲的時候，我想，心靈那樣羸弱自卑的少女，只能被澈底摧毀了。

生活的挑戰每天都在發生，披上花甲之後，也就是一路的下坡車了，以前沒經歷過的挫折，將會接踵而來，對自身的掌握度也會愈來愈差，甚至全面失控。當煩惱倏然而至，除了學會輕輕踩煩憂的剎車，更要每天做快樂的練習。「值得慶幸的是……」這樣的造句非常重要。

快樂其實是一種技能，常常練習，也就嫻熟了。

【二〇二三・新增作品】

多愛自己一點點

二〇二三年，在香港的新書簽名會上，我特意安排了比較長的QA時間，想聽聽香港讀者的聲音，有位戴著鴨舌帽，面容姣好的女人，舉手發問，她說：「我在臉書上看見妳說，當妳出門時，媽媽會站在陽臺上往下看，看著妳坐車離開……」說到這裡，她突然哽咽，無法再說。

約莫半個月以前，我在臉書PO出一張照片，是在演講時拍攝的，穿著白色罩衫的我，大步流星，無所畏懼的向前走去。我寫道，媽媽還健康的時候，每當我出門，她便會站在十六樓的陽臺往下看，直到我上了車離去。她當時對我的評價是：「步子邁得那麼大，一點也不像個女生，簡直是個男人。」而我看著這張演講時的照片，也不得不同意，媽媽說得對，我真是一個男人。我覺得自己是個男人，是因為這些年來做過的事，經歷的挑戰，似乎都不是個柔弱女子所能承擔。

自從媽媽罹患認知症，她再也搞不清楚，我在家還是沒回來？她天天問印尼看護：「我女兒回來沒有？」哪怕我整天都在家，只是離開她身邊去上個廁所而已。存在感這麼低，不是一件沮喪的事嗎？但我告訴自己，媽媽始終惦記著我，我很幸福。

提問的女子稍稍整理了情緒，才能斷斷續續的往下說，大概的意思是：「女人為了家庭和所愛的人付出了這麼多，到頭來常是一場空，像我這樣的中年女人，該怎麼對自己好？多愛自己一點點？」當她一邊哭，一邊說的時候，我注意到在場的許多女性朋友紛紛拭淚。被觸動而傷懷的不只是中年女性，還有剛剛成為母親的年輕女性，原來，這是一個普遍的心聲。

我想到以往去香港工作時，發現那些職場上的女性，都有一種專業幹練的形象，表現在她們的衣著與舉手投足中，以往總是飄逸裝扮的我，到香港工作後才試著穿褲裝，感覺俐落有型，於是，我的形象因為香港而改變了。但我並沒有想過，這些幹練專業的女人，結婚生子後的生活又是如何？

戴著鴨舌帽的女子，提出的問題，像是開啟了一個塵封的盒子，釋放出許多委屈、壓抑與失落。看著演講場內的淚光閃閃，我整理出了關鍵字：「付出一切」、「一場空」、「想對自己好一點」。我感受到了一種覺醒，無限希望。

女性成為照顧者，似乎是身體裡的程式設定，一旦步入婚姻，便責無旁貸的成為家庭的照顧者，不只要照顧配偶與孩子，還有夫家的長輩與家人，娘家的親人也是不能放棄的責任，這麼重的擔子，這麼多的付出，換來的常常卻是失望——丈夫也許外遇；兒女或許不孝；長輩諸多埋怨……來到中年的女人，回顧自己的前半生，難免會有「一場空」的失落感。想要企求愛的回報，已經是不可能的了，於是，終於將眼光落在自己身上，這麼多的匱乏，該如何是好？

所幸，只是中年，還來得及。那些從小到大的挫折與創傷，就此一刀兩斷，我們可以過著嶄新的生命，把自己一點一點的愛回來。沒有人比自己更清楚，我們的喜愛與不耐煩，穿自己喜歡的衣裳；吃自己喜歡的食物；與自己喜歡的朋友在一起，哪怕獨處的時候也安然自在。看清自己的需求；扔掉那些原本就不想要的東西；不必在乎他人的評價與接納。總會有人不喜歡你，就像我們也不可能喜歡全世界的人。

發現自己的存在，便是獲取力量的來源。「我和我在一起」，是最完整飽滿的時刻。成為自己最貼心的朋友，最忠實的靈魂伴侶。不只多愛自己一點點，要愛自己很多很多，因為你值得。

附錄

張曼娟・作品繫年

〔短篇小說〕

《海水正藍》1985，希代；1995，皇冠

《笑拈梅花》1987，希代；1995，皇冠

《鴛鴦紋身》1994，皇冠

《喜歡》1999，皇冠

《彷彿》2000，皇冠

《芬芳》2003，皇冠

《張曼娟妖物誌》2005，皇冠

《煙花渡口》2011，皇冠

〔長篇小說〕

《我的男人是爬蟲類》1996，皇冠

《火宅之貓》1997，皇冠

〔散文〕

《緣起不滅》1988，皇冠

《百年相思》1990，皇冠

《人間煙火》1993，皇冠

《風月書》1994，皇冠

《夏天赤著腳走來》1998，皇冠

《青春》2001，皇冠

《永恆的傾訴》2003；2023，時報

《黃魚聽雷》2004，皇冠

《不說話，只作伴》2005，皇冠

《天一亮，就出發》2007，皇冠

《你是我生命的缺口》2007，皇冠

《噹！我們同在一起》2008，皇冠

《那些美好時光》2010，皇冠

《剛剛好》2011，皇冠

《戒不了甜》2012，皇冠

《今日香港有煙霞》2012，明報

《時間的旅人》2014，皇冠

《愛一個人》2015，皇冠

《只是微小的快樂》2019，皇冠

〔都會隨筆〕

《愛情可遇更可求》1997，元尊

《溫柔雙城記》1998，大田

《女人的幸福造句》1999，時報

《幸福號列車》2000，時報

《呼喊快樂》2002，時報

《曼調斯理》2002，麥田

《幸福號列車 2.0》2023，時報

〔張曼娟藏詩卷〕

《愛情詩流域》2000，麥田

《時光詞場》2001，麥田
《人間好時節》2005，麥田
《此物最相思》2009，麥田
《柔軟的神殿》2012，麥田
《好潮的夢》2014，麥田
《當我提筆寫下你》2017，麥田
《天上有顆孤獨星》2021，麥田

〔張曼娟學堂〕

張曼娟奇幻學堂 2006，親子天下
張曼娟成語學堂Ⅰ 2008，親子天下
張曼娟成語學堂Ⅱ 2009，親子天下
張曼娟唐詩學堂 2010，親子天下
張曼娟閱讀學堂 2012，親子天下
張曼娟論語學堂 2017，親子天下
張曼娟文學繪本 2018，親子天下
張曼娟的課外讀物 2021，麥田

〔**中年覺醒三部曲**〕

《我輩中人》2018，天下

《以我之名》2020，天下

《自成一派》2023，天下

〔**其他**〕

《古典小說的長河》1996，臺灣書店

《末世的愛情標本：三言》2010，大塊

《遇見，親愛的小王子》2015，原點

《唐詩樂遊園》上、下，2018，天下

〔有聲書〕

遇見小王子，1996 遠流；2015 原點

張曼娟小學堂 I、II、III，2006-2008，飛碟廣播

張曼娟私房經典 I、II，2011、2014，中廣

張曼娟・大人的寓言，2017，新傳媒

張曼娟讀詩小學堂，2019，中廣

孔夫子大學堂：曼娟老師的十堂《論語》課，2017，親子天下

我輩中人：寫給大人的情書，2021，孜孜線上聽

〔歌詞〕

張清芳《等待》全專輯歌詞創作，2002，豐華

張清芳《感情生活》全專輯歌詞創作，2003，豐華

〔主編〕

《九八年散文選》2009，九歌

《晨讀10分鐘：成長故事集》2010，親子天下

〔廣播〕

幸福號列車 News98

AK00400

時報出版

幸福號列車 2.0

作　　者　張曼娟
執行主編　羅珊珊
特約主編　孫梓評
校　　對　孫梓評、張曼娟、羅珊珊、高培耘
美術設計　朱　疋
行銷企劃　林昱豪

總 編 輯　胡金倫
董 事 長　趙政岷
出 版 者　時報文化出版企業股份有限公司
108019 台北市和平西路 3 段 240 號
發行專線—（02）2306-6842
讀者服務專線— 0800-231-705．（02）2304-7103
讀者服務傳真—（02）2304-6858
郵撥— 19344724 時報文化出版公司
信箱— 10899 臺北華江橋郵局第 99 信箱

時報悅讀網　http://www.readingtimes.com.tw
思潮線臉書　https://www.facebook.com/trendage/
法律顧問　理律法律事務所　陳長文律師、李念祖律師
印　　刷　勁達印刷有限公司
初版一刷　二〇二三年十一月十日
定　　價　新台幣三八〇元
（缺頁或破損的書，請寄回更換）

時報文化出版公司成立於一九七五年，一九九九年股票上櫃公開發行，二〇〇八年脫離中時集團非屬旺中，以「尊重智慧與創意的文化事業」為信念。

幸福號列車 2.0/ 張曼娟著 . -- 初版 . -- 臺北市：時報文化出版企業股份有限公司，2023.11　面；　公分
ISBN 978-626-374-483-7(平裝)
863.55　　112017216

ISBN 978-626-374-483-7
Printed in Taiwan